Isabel Ribeiro

Iluminada

Isabel Ribeiro

Iluminada

Luis Sergio Lima e Silva

imprensaoficial

São Paulo, 2008

GOVERNO DO ESTADO DE
SÃO PAULO
TRABALHANDO POR VOCÊ

Governador   José Serra

imprensaoficial   **Imprensa Oficial do Estado de São Paulo**

Diretor-presidente   Hubert Alquéres

Coleção Aplauso

Coordenador Geral   Rubens Ewald Filho

Apresentação

Segundo o catalão Gaudí, *não se deve erguer monumentos aos artistas porque eles já o fizeram com suas obras.* De fato, muitos artistas são imortalizados e reverenciados diariamente por meio de suas obras eternas.

Mas como reconhecer o trabalho de artistas geniais de outrora, que para exercer seu ofício muniram-se simplesmente de suas próprias emoções, de seu próprio corpo? Como manter vivo o nome daqueles que se dedicaram à mais volátil das artes, escrevendo, dirigindo e interpretando obras-primas, que têm a efêmera duração de um ato?

Mesmo artistas da TV pós-videoteipe seguem esquecidos, quando os registros de seu trabalho ou se perderam ou são muitas vezes inacessíveis ao grande público.

A *Coleção Aplauso*, de iniciativa da Imprensa Oficial, pretende resgatar um pouco da memória de figuras do Teatro, TV e Cinema que tiveram participação na história recente do País, tanto dentro quanto fora de cena.

Ao contar suas histórias pessoais, esses artistas dão-nos a conhecer o meio em que vivia toda uma classe que representa a consciência crítica da sociedade. Suas histórias tratam do contexto social no qual estavam inseridos e seu inevitável reflexo na arte. Falam do seu engajamento político em épocas adversas à livre expressão e as conseqüências disso em suas próprias vidas e no destino da nação.

Paralelamente, as histórias de seus familiares se entrelaçam, quase que invariavelmente, à saga dos milhares de imigrantes do começo do século passado no Brasil, vindos das mais variadas origens. Enfim, o mosaico formado pelos depoimentos compõe um quadro que reflete a identidade e a imagem nacional, bem como o processo político e cultural pelo qual passou o país nas últimas décadas.

Ao perpetuar a voz daqueles que já foram a própria voz da sociedade, a *Coleção Aplauso* cumpre um dever de gratidão a esses grandes símbolos da cultura nacional. Publicar suas histórias e personagens, trazendo-os de volta à cena, também cumpre função social, pois garante a preservação de parte de uma memória artística genuinamente brasileira, e constitui mais que justa homenagem àqueles que merecem ser aplaudidos de pé.

José Serra
Governador do Estado de São Paulo

Coleção Aplauso

O que lembro, tenho.
Guimarães Rosa

A *Coleção Aplauso*, concebida pela Imprensa Oficial, visa a resgatar a memória da cultura nacional, biografando atores, atrizes e diretores que compõem a cena brasileira nas áreas de cinema, teatro e televisão. Foram selecionados escritores com largo currículo em jornalismo cultural para esse trabalho em que a história cênica e audiovisual brasileira vem sendo reconstituída de maneira singular. Em entrevistas e encontros sucessivos estreita-se o contato entre biógrafos e biografados. Arquivos de documentos e imagens são pesquisados, e o universo que se reconstitui a partir do cotidiano e do fazer dessas personalidades permite reconstruir sua trajetória.

A decisão sobre o depoimento de cada um na primeira pessoa mantém o aspecto de tradição oral dos relatos, tornando o texto coloquial, como se o biografado falasse diretamente ao leitor.

Um aspecto importante da *Coleção* é que os resultados obtidos ultrapassam simples registros biográficos, revelando ao leitor facetas que também caracterizam o artista e seu ofício. Biógrafo e biografado se colocaram em reflexões que se estenderam sobre a formação intelectual e ideológica do artista, contextualizada na história brasileira, no tempo e espaço da narrativa de cada biografado.

São inúmeros os artistas a apontar o importante papel que tiveram os livros e a leitura em sua vida, deixando transparecer a firmeza do pensamento crítico ou denunciando preconceitos seculares que atrasaram e continuam atrasando nosso país. Muitos mostraram a importância para a sua formação terem atuado tanto no teatro quanto no cinema e na televisão, adquirindo, linguagens diferenciadas – analisando-as com suas particularidades.

Muitos títulos extrapolam os simples relatos biográficos, explorando – quando o artista permite – seu universo íntimo e psicológico, revelando sua autodeterminação e quase nunca a casualidade por ter se tornado artista – como se carregasse desde sempre, seus princípios, sua vocação, a complexidade dos personagens que abrigou ao longo de sua carreira.

São livros que, além de atrair o grande público, interessarão igualmente a nossos estudantes, pois na *Coleção Aplauso* foi discutido o processo de criação que concerne ao teatro, ao cinema e à televisão. Desenvolveram-se temas como a construção dos personagens interpretados, a análise, a história, a importância e a atualidade de alguns dos personagens vividos pelos biografados. Foram examinados o relacionamento dos artistas com seus pares e diretores, os processos e as possibilidades de correção de erros no exercício do teatro e do cinema, a diferença entre esses veículos e a expressão de suas linguagens.

Gostaria de ressaltar o projeto gráfico da *Coleção* e a opção por seu formato de bolso, a facilidade para ler esses livros em qualquer parte, a clareza de suas fontes, a iconografia farta e o registro cronológico de cada biografado.

Se algum fator específico conduziu ao sucesso da *Coleção Aplauso* – e merece ser destacado –, é o interesse do leitor brasileiro em conhecer o percurso cultural de seu país.

À Imprensa Oficial e sua equipe coube reunir um bom time de jornalistas, organizar com eficácia a pesquisa documental e iconográfica e contar com a disposição e o empenho dos artistas, diretores, dramaturgos e roteiristas. Com a *Coleção* em curso, configurada e com identidade consolidada, constatamos que os sortilégios que envolvem palco, cenas, coxias, *sets* de filmagem, textos, imagens e palavras conjugados, e todos esses seres especiais – que nesse universo transitam, transmutam e vivem – também nos tomaram e sensibilizaram.

É esse material cultural e de reflexão que pode ser agora compartilhado com os leitores de todo o Brasil.

Hubert Alquéres
Diretor-presidente da
Imprensa Oficial do Estado de São Paulo

Apresentação Afetiva

Em primeiro lugar, quero dar meus sinceros parabéns a todos os que contribuíram para a existência deste livro. As novas gerações poderão, assim, ter acesso às informações aqui emitidas, e espero que se deliciem com os inúmeros momentos de pura beleza proporcionados pela nossa querida e saudosa Frederica Isabel Iat Ribeiro. Quando penso nela, vem-me imediatamente à cabeça a imagem de um passarinho multicolorido, lindo, assustado e indefeso, atento a tudo o que se passa em sua volta e com um canto capaz de hipnotizar todos os que tiveram o privilégio de se aproximar dele. Quem me dera ter o talento necessário para poder traduzir em palavras o imenso talento que explodia neste ser humano especial, cuja modéstia levou-a a atender pelo nome de Isabel Ribeiro. Impossível.

Como pensa o poeta Ferreira Gullar, Deus é a mais genial invenção do ser humano. Só mesmo este Deus será capaz de nos explicar por que, quando concede a algumas pessoas especiais a sensibilidade e o talento em proporções gigantescas, produz ao mesmo tempo *anticorpos* levando-as prematuramente do convívio dos simples mortais.

A lista é interminável: de Glauber Rocha a Rimbaud; de Castro Alves a Mozart; de Jimmy Hendrix à Isabel Ribeiro. Que falta eles fazem à humanidade!

Zelito Viana
13/julho/2005

Introdução

Nascida em São Paulo, em 8 de julho de 1941, Frederica Isabel Iat Ribeiro, filha de uma polonesa e um político paulista, cresceu menina tímida e sozinha. A adolescente Frederica era um poço de introspecção e de conflitos existenciais, o que não a impediu de ir à luta pela sobrevivência. Foi auxiliar de laboratório, secretária de auto-escola e caixa de camisaria.

Mas aos 22 anos seu destino mudaria por completo ao assumir a identidade/persona da atriz. Desaparece Frederica e entra em cena Isabel Ribeiro.

Com 27 filmes, 21 peças de teatro e 15 novelas, Isabel construiu uma carreira com trabalhos consistentes e uma galeria de personagens marcantes, que deixaram sua marca original e genuína.

Incensada pelos colegas, viveu 48 anos de sua vida com simplicidade e determinação, tornando-se unanimidade de caráter e talento. Contra a sua vontade, de natureza reservada, criou-se um elo de admiradores que se manifestou de todas as partes sempre que seu nome estava ligado a algum trabalho, a cada nova e rara aparição de Isabel. Uma aura silenciosa acompanhou a sua história cheia de interrupções, recuos e silêncios.

Premiada no cinema algumas vezes, teve o reconhecimento popular na televisão e o respeito do público de teatro.

Avessa a entrevistas, era difícil arrancar dela uma opinião formada, um conceito de vida ou uma crítica pessoal. Achava que não tinha nada a dizer nunca, os outros sim.

Mas atuando era protagonista sempre. Aí mostrava a que vinha, deixando aflorar todo o seu potencial de intérprete intuitiva e absoluta. Sua entrega na criação de uma personagem beirava uma mediunidade inata. E mesmo que fosse em papéis pequenos, fazia com a mesma intensidade e concentração, impressionando igualmente a todos.

Este livro espera mostrar um pouco da soberania dessa artista singular na sua conduta pessoal e profissional, não tentando desvendar um enigma, mas abrindo a concha e revelando a pérola mais rara.

Através de seus filhos, irmã, amigos, colegas e comentários críticos vamos costurar a trajetória de Isabel Ribeiro, deixando a narrativa fluir através deles que tiveram o privilégio de conhecer e conviver com um dos seres humanos mais luminosos da chamada esfera celeste.

Uma estrela cintila no fundo desse olhar...

Luis Sergio Lima e Silva

Capítulo I

Era Uma Vez

Frederica Isabel nasceu na São Paulo de 1941, em casa, de parto natural. Seus pais não eram casados. A mãe polonesa trabalhava como empregada doméstica na casa de um político paulista de família tradicional. Aconteceu Frederica. O nome foi homenagem a Frederico Chopin, polonês como sua mãe Maria. Clóvis, o pai, morreu quando a filha tinha seis meses. A figura paterna sempre foi uma ausência sentida, apesar da dedicação absoluta da mãe matriarca. A irmã mais velha, Maria José, ajudou na criação mesmo depois do casamento.

Gênese

A polonesa Maria Iat desembarcou como imigrante no Brasil aos 14 anos e foi deixada pelo pai com uma família alemã em Paranaguá, Paraná. Em Ponta Grossa teve a sua primeira filha, Maria José. Cinco anos depois mudou-se para São Paulo com a intenção de abrir uma pensão na Baronesa de Itu em sociedade com uma amiga paranaense. Mas a pensão não vingou. Maria começou a trabalhar em casa de família. Conheceu então o doutor Clóvis Ribeiro, influente político, jornalista e professor de Economia.

D. Maria Iat, mãe de Isabel   *Dr. Clóvis Ribeiro, pai de Isabel*

No passado tinha sido secretário-geral da Associação Comercial de São Paulo (1923), professor catedrático de Economia e Finanças do Colégio Universitário (USP), secretário da Fazenda (1935 a 1937), um dos fundadores do *Diário da Noite* e redator econômico do jornal *O Estado de S. Paulo* por sete anos.

Com a inesperada gravidez de Maria, Clóvis montou uma confortável casa na Jorge Tibiriçá, Vila Mariana, com empregada, tapetes persas elegantes, móveis finos e até um gramofone.

A morte repentina do doutor Clóvis deixou Maria, Maria José e a pequena Frederica na rua da

Maria José, irmã de Isabel, 1954

amargura. A família tomou a casa e cortou qualquer vínculo. Por ironia do destino, uma história paralela solucionou de maneira fraterna o problema. Enquanto Maria e Clóvis relacionaramse, Maria sempre lhe pedia quantias altas sem revelar o fim. Maria foi dando o dinheiro para a empregada comprar a sua casinha, extra-salário. Foi justamente para a casa dessa empregada que as três se mudaram, e foram morar em um quarto por longo período.

Os tempos eram agitados. O ano de 1941 anunciava uma década tumultuada no Brasil e no mundo. Do Estado Novo de Getúlio Vargas, o Brasil passaria para as mãos do Marechal Dutra na metade da década. Mas a guerra avançava, agora com a adesão americana. E o mundo estava em pânico: mais de 30 milhões de pessoas foram dizimadas pelo holocausto. A Segunda Guerra Mundial acabou em 1945, deixando mais de cinqüenta milhões de vítimas. O café deixava de ser o pólo de economia brasileira, mas continuava a ser o principal produto de exportação e centro da política econômica internacional. E o Brasil exportava também Carmen Miranda, que partia para fazer a América: 13 filmes, mais de 30 discos e o título de *Brazilian Bombshell*. O brilho da civilização americana atingia os brasileiros: enlatados Swift, rádios Zenith, eletrodomésticos da GE e, para os olhos, lentes Ray-Ban. De Hollywood chegava a máxima: nove entre dez estrelas usam Lever. E descobríamos o chique pelas frestas do cinema. *Casablanca* abria a década com filas e lágrimas. O cinema brasileiro se afirmava com as produções artesanais da Cinédia, e a chegada da Atlântida, que obteria sucesso popular por muitos anos. A primeira produção *Moleque Tião* revelava uma estrela nacional: Grande Otelo. O rádio estava presente no imaginário do povo, assim como o teatro entretinha a elite. Pascoal Carlos Magno, no Rio, com o Teatro do Estudante, e Alfredo Mesquita, em São Paulo, com O Grupo de Teatro Experimental (GTE) polarizavam, e Cacilda Becker, mocinha, trocava a dança pela arte dramática. Em contrapartida, os Estúdios Disney criavam o Zé Carioca como política de boa vizinhança.

Frederica era uma menina que abria os olhos neste mundo conturbado.

Infância e Adolescência

Frederica, aos 6, 7 anos de idade, ouvia *Polonaises* e *Noturnos;* imaginava-se dançando com Chopin. Não tinha amigas, preferia o isolamento onde seus sonhos e fantasias eram seus companheiros prediletos. Sua irmã Maria José lembra desse tempo: *Ela era um amorzinho, gordinha, uma bonequinha. Tinha uma vizinha que deu uma boneca grande para ela, mas nem ligou. Gostava de desenhar, escrever e ficar sozinha. Queria ser médica, estudar. No Colégio Sagrado Coração fazia teatrinho, tudo organizado e inventado por ela.*

Seu aproveitamento escolar era insuficiente. Reprovada duas vezes no ginásio, tinha dificuldade especial com a matemática. Mas não desistiu dos estudos.

Aos 15 anos era uma adolescente tímida e fechada. Sua admiração pelo doutor Albert Scweitzer alimentava o sonho de salvar a humanidade e descobrir a cura para terríveis males.

Em entrevista à Marisa Raja Gabaglia para o jornal *O Globo* (1/4/1972), ao falar de sua adolescência, Isabel abriu-se de maneira surpreendente. Provavelmente a doçura de Marisa criou uma empatia forte com ela, para arrancar revelações tão delicadas: *Minha adolescência foi sofrida. Minha mãe fez o possível para que eu estudasse. Mas só conseguiu até os meus 15 anos. O dinheiro era apertado, sabe? Tentei trabalhar. Foi um horror. Fui auxiliar de escritório, secretária, caixa numa camisaria, balconista. Mas o que doía é que eu era sensível, queria ler, queria aprender, queria saber das coisas. E não podia. Isso me dava uma sensação terrível de impotência e de desespero diante da vida. Nos intervalos eu corria para a Biblioteca Pública e lia tudo. Lia sobre filosofia – Descartes, Platão. Não entendia nada, mas tinha sede.*

Com a irmã Maria José e amigas, aos 13 anos, Praia do Caiçara, 1954

Quando decidiu estudar medicina, Isabel procurou a abastada família de seu pai para que financiasse seus estudos. Mas não foi bem recebida. Segundo relatos da irmã, isso foi decepcionante para Isabel. Na entrevista concedida à Raja Gabaglia ela foi fundo:

Não agüentei mais ficar sem estudar e passei a ir à escola à noite. Foi quando descobri que gostaria de fazer mesmo medicina e psiquiatria, mas não teria recursos para pagar meu curso... Foi aí que comecei a pensar que talvez não valesse a pena viver. Nessa crise eu estava muito só, muito mesmo. Um dia, peguei umas amostras grátis de tranqüilizantes e tomei 60 comprimidos. Era domingo. Eu me lembro que fazia sol e eu estava tranqüila. Acordei no hospital. E chorei muito quando descobri que estava viva.

Só a irmã Maria José conseguia levá-la para alguns piqueniques ou mergulhos na praia de Santos: *Isabel não era de amigos, era fechadona. Não gostava de bailes, só ficava trancada... lendo. Eu trabalhava no Laboratório Wander até me casar. Saía muito com minhas amigas, mas aos bailes Isabel não ia. Era época de piqueniques e também de programas de praia. Nestes, eu conseguia levar a Isabel; ela gostava de nadar, se soltava, ficava alegre.*

Capítulo II

Arena Conta Isabel

Foi em 1963 que Isabel Ribeiro, com 22 anos, chegou ao Teatro de Arena. Um ano antes foi mordida pelo bicho do teatro ao assistir à peça *José, do Parto à Sepultura,* de Augusto Boal, no Teatro Oficina. Ali encontrou um sentido para sua vida amorfa e banal. O fascínio bateu tão forte que passou a freqüentar os bastidores do teatro e virou um *rato de camarim.* Assim descobriu o melhor caminho para seus desejos íntimos, sua introspecção e melancolia: o ofício de atriz. Aquele era o seu lugar, ali estava a turma com quem poderia expressar seus sentimentos abafados, sua adolescência pobre e solitária. O teatro foi a descoberta da identidade de uma moça simples, tímida e sem ambições, dotada de uma sensibilidade à for da pele. No íntimo, armazenava o que melhor viria a seguir: um poderoso talento de atriz louco por aflorar.

O Teatro de Arena existia há dez anos e tinha realizado produções marcantes – *Ratos e Homens*, de John Steinbeck, estréia de Boal na direção; *Revolução na América do Sul,* de Boal, e direção de José Renato; *Eles Não Usam Black-Tie,* de Guarnieri; e *Chapetuba Futebol Clube*, de Oduvaldo Vianna Filho. No panorama teatral de São Paulo, Cacilda Becker protagonizava em seu teatro *César e Cleópatra,* de Bernard Shaw, com direção de Ziembinski; Maurice Vaneau preparava *Os Ossos do Barão,* de Jorge Andrade, para o TBC; e o Oficina montava o grande acontecimento do ano: *Os Pequenos Burgueses,* de Brecht, dirigido por José Celso Martinez Correia.

No Rio, Maria Fernanda brilhava como Blanche Dubois em *Um Bonde Chamado Desejo,* de Tennessee Williams, ao lado de Carlos Alberto e Isolda Cresta. Direção de Flávio Rangel, no Teatro Dulcina.

O Arena, que trouxe para o palco a identidade do homem brasileiro, variava seu repertório com a comédia, obra-prima universal de Maquiavel, *A Mandrágora.* Isabel já freqüentava o curso de interpretação do russo Eugene Kusnet, ator, diretor e professor que adaptou o Método Stanislavski à realidade brasileira e formou uma geração de atores. Segundo ela, essa experiência foi definitiva para sua formação: *Kusnet foi o meu primeiro grande mestre, o mago que me deu os toques importantes.*

Boal lembra o primeiro encontro com Isabel: *Eu ensaiava e notava aquela moça que saía do curso do Kusnet e sumia.*

Depois, chegava, passava e sumia. Fiquei intrigado e fui escondido ver uma aula. Aí gostei muito. Estava fechando o elenco de A Mandrágora *e não tinha a Lucrécia, a protagonista. Chamei Isabel, fiz um teste e a convidei pro papel. O elenco era muito bom, Juca de Oliveira, Guarnieri, Fauzi Arap, Myriam Muniz, Mílton Gonçalves, Nilda Maria e Riva Nimitz.*

Ela se sentiu meio deslocada no início, no meio de tantas feras. Mas enfrentou e foi em frente. Era ótima como Lucrécia. O ator que contracena não é o que interpreta o personagem. O ator que rouba cena não é bom. Ali todo mundo era muito bom no mesmo nível. Ela trouxe seu talento com o aprendizado dos outros.

Em sua crítica ao espetáculo de Boal, o crítico Yan Michalski (*Jornal do Brasil, 13/3/63*) destaca como *excepcionalmente bem* a figura de Isabel: *... O rosto de Isabel Ribeiro parece ter saído vivo de uma pintura da época.*

O Noviço, O Melhor Juiz, o Rei, O Filho do Cão, Arena Conta Zumbi e *Arena Conta Bolívar* marcaram a passagem de Isabel pelo Arena, culminando em 1969 com a viagem pela América Latina e Estados Unidos.

O Filho do Cão, de 1964, escrita por Guarnieri, marcou a estréia de Paulo José na direção. O crítico Décio de Almeida Prado fez ressalvas ao texto e ao espetáculo, mas foi unânime na atuação do elenco: *A parte menos discutível da direção está, contudo, na esplêndida galeria de personagens que criou, lidando não só com atores experimentados, Guarnieri, Joana Fomm, Isabel Ribeiro (tão nordestina de aspecto como fora italiana renascentista em A Mandrágora), Juca de Oliveira, mas elevando outros pela primeira vez ao primeiro plano (Ana Maria Cerqueira Leite, comovente como "Cordeirinho") e apresentando vários nomes de ótimas possibilidades, como An-tero de Oliveira, Dina Sfat e Abrahão Farc...*

Paulo José em suas memórias substantivas, da *Coleção Aplauso*, relembra: ... em 1964 o golpe militar fechou o Teatro de Arena. Estava em cartaz uma peça que dirigia, *O Filho do Cão*, do Guarnieri, com um trio de mulheres poderosas, Joana Fomm, Dina Sfat e Isabel Ribeiro. E um elenco masculino que tinha, entre outros, Guarnieri, Juca de Oliveira e eu... *Nos primeiros dias de abril ninguém sabia o que poderia acontecer com o Arena. Organizações políticas se encarregavam de colocar a salvo pessoas que poderiam estar ameaçadas de prisão ou coisa pior. Decidiram sumariamente nosso destino. Juca e Guarnieri foram mandados para... a Bolívia! Boal foi para uma fazenda no interior de São Paulo, Flávio Império e eu fomos levados para o apartamento da Cacilda e Walmor, uma cobertura na Avenida Paulista esquina com o Trianon.*

Joana Fomm tornou-se a maior amiga de Isabel desde o Arena até sempre. Estudavam, ensaiavam e moraram juntas: *Ah, a Isabel, conheci-a na Mandrágora, estava maravilhosa. Ficamos muito amigas. Todos aqueles livros que o Boal mandava a gente estudar, estudávamos juntas, nós não desgrudávamos. Fizemos* O Noviço, O Melhor Juiz, o Rei e O Filho do Cão. *Aí a revolução parou o Arena. Muitas pessoas tiveram que fugir. E nós, mais a Dina, o Paulo José, a Vivian Mahr ficávamos na bilheteria controlando os acontecimentos pelo telefone. A polícia ficava disfarçada dentro do Arena. Foi um período muito difícil. Depois a gente fugiu, eu servi de ponto pra muita gente que precisava fugir. Chegou uma hora que fiquei tão marcada que também tive de deixar meu apartamento. Isabel estava morando comigo, então fugimos pela Eugênio Dantas e fomos parar na casa de Isolda Cresta. De lá fomos para o apartamento de meus pais no Rio. Nesse período ficamos muito íntimas. Quanto mais eu a conhecia, mais a admirava. Fico emocionada até hoje porque acho Isabel uma pessoa raríssima.*

A *louca escapada* para o Rio de janeiro foi o melhor passaporte para a decolagem de Isabel no teatro e no cinema, quando seu nome passou a circular entre artistas, produtores e diretores, com respeito e curiosidade. Na ocasião foi destacada pela classe artística como uma das importantes revelações do elenco feminino do Arena. E isso lhe abriu boas oportunidades na carreira. O Arena contou Isabel, formando-a como atriz e abrindo seus horizontes como mulher, segundo atesta Joana Fomm: *Aconteceram grandes paixões por ela. Todos no Arena tiveram um momento Isabel Ribeiro. Até o Flávio Império! A Myriam Muniz arrumou o encontro e o Juca cedeu o apartamento. E ficou todo mundo rodeando o quarteirão pra ver se tinha dado certo... Tinha uma coisa muito liberta e muito terna entre a gente. Todos éramos irmãos mesmo. Comíamos na pensão, passávamos juntos a mesma miséria. Saíamos muito com Isabel pela noite de São Paulo. Íamos aos cabarés, inferninhos, zonas de prostituição.*

Na Rua Major Sertório tinha uma biboca em que músicos tocavam harpa. A gente dançava. Era o lugar favorito de Isabel...

As mulheres ainda não tinham queimado o sutiã, mas cresciam e se posicionavam. O momento político brasileiro deu oportunidade para que elas abrissem os olhos e entendessem o que estava acontecendo à sua volta. Muitas mulheres tornaram-se ativistas políticas, interferindo e agindo no mesmo patamar masculino. Nasceu uma geração de atrizes que encaravam tudo. O engajamento era uma conseqüência natural dos inconformados. E a Revolução de 1964, em pleno vigor, recebia os contragolpes das brigadas libertárias que se sucederam por anos a fio. A censura federal era implacável com os artistas e intelectuais, especialmente com o teatro. Mas as atrizes revidavam à altura, e iam à luta através de seu trabalho e suas consciências de cidadãs. Vera Gertel, Myriam Muniz, Riva Nimitz, Dina Sfat, Cecília Boal, Diná Lisboa, Nilda Maria, Marília Medalha, Vivian Mahr e mais Joana Fomm e Isabel Ribeiro. *Mirem-se no exemplo daquelas mulheres do Arena!*

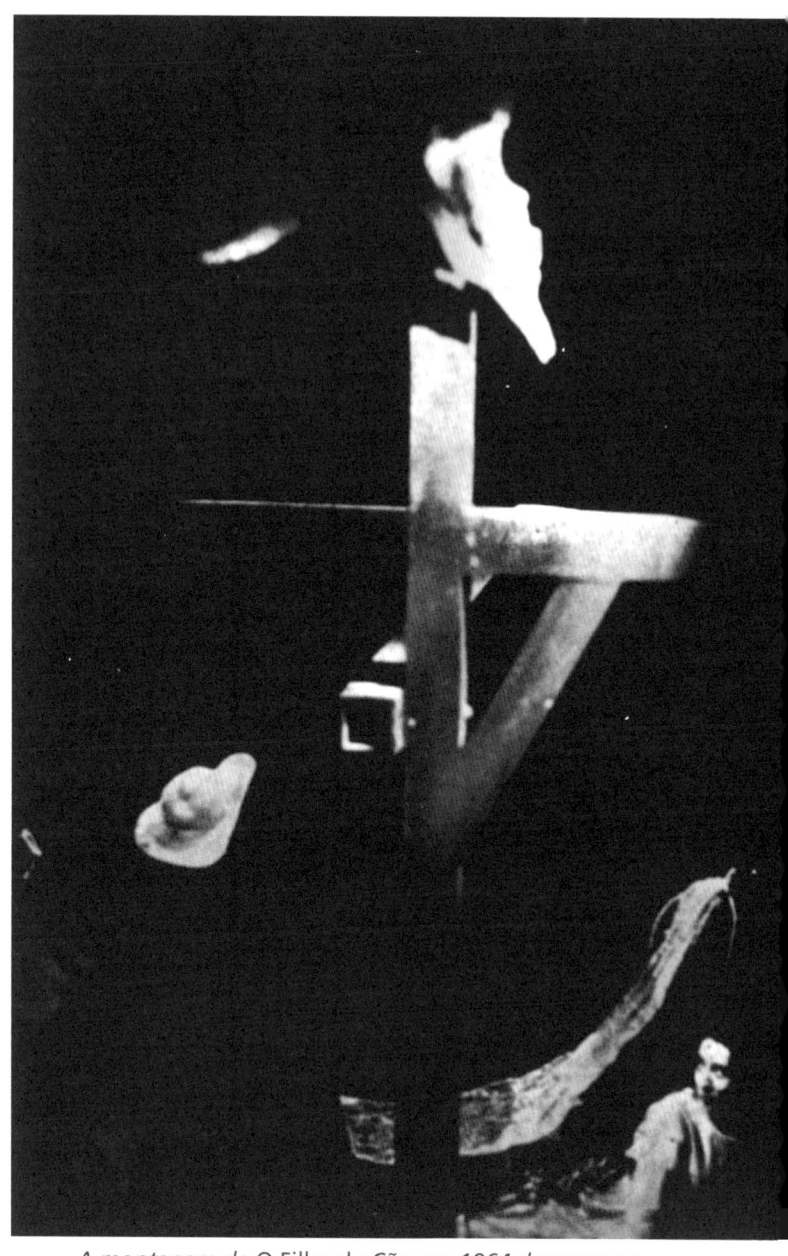

A montagem de O Filho do Cão em 1964 demarcou a terceira passagem de Isabel pelo Arena.

O FILHO DO CÃO

de

GIANFRANCESCO GUARNIERI

direção **PAULO JOSE' DE SOUZA**

assistência de direção **RUY NOGUEIRA**

cenografia **FLAVIO IMPERIO**

elenco por ordem de entrada:

santo homem	GIANFRANCESCO GUARNIERI
cordeirinho	ANA MARIA CERQUEIRA LEITE
aurélia	JOANA FOMM
osmar	JUCA DE OLIVEIRA
pedro	ANTERO DE OLIVEIRA
rosa	ISABEL RIBEIRO
gertrudes	DINA SFAT
jeremias	ABRAHÃO FARC
ciro	PAULO JOSE' DE SOUZA
afrânio	JOÃO JOSE' POMPEO
zé toledo	RUBENS CAMPOS

iluminação RUY NOGUEIRA

eletricista ORION DE CARVALHO

produção MYRIAM MUNIZ e CLECY MARQUES BRAGA

marcenaria TOMIMATSU SHINOZAKI

O Filho do Cão, com *Antero de Oliveira, Juca de Oliveira, Joana Fomm, Gianfrancesco Guarnieri e Ana Maria Cerqueira Leite*

Capítulo III

A Chegada ao Rio

Mal colocou os pés no Rio de Janeiro, Isabel já estava sendo procurada para um trabalho no teatro. Era o diretor Kleber Santos, cabeça do articulado Teatro Jovem da Praia de Botafogo, que estava montando o elenco de sua nova produção, *A Moratória,* de Jorge Andrade.

Quem me apresentou a Isabel foi o Vianinha (Oduvaldo Vianna Filho), quando assisti Maior Juiz, o Rei, *no Arena. Saímos para jantar no Gigetto, e Isabel ficou no meu imaginário. Aí lembrei dela para a Lucília, onde anda Isabel? Falaram-me que estava no Rio, na casa da Joana. Quando conversamos, disse que tinha um projeto qualquer, mas que ia se desvencilhar, e me pediu um tempo. Aí eu esperei, escolhi o elenco todo e deixei pra fechar no fim. Paulo Padilha e Vanda Lacerda eram os pais, Virgínia Valli, a tia, Ginaldo de Souza, o irmão, Luiz Parreiras, o namorado, e Isabel, Lucília, a filha*, relata Kleber Santos.

Isabel chegou ao Rio com toda uma vivência do Arena, enraizada num processo de trabalho bastante diferente do que encontraria pela frente. Ela declarou ao jornal O Globo, de 6 de agosto de 1964: *Nossa experiência não se fixava num assunto único. Estudávamos todos os aspectos correlatos à peça que íamos montar: história, geografia, filosofia – estudávamos as condições que o autor vivera, as condições sociais e econômicas da época em que foi escrita a peça, e depois então trazíamos a nossa interpretação de todo este contexto à luz do nosso tempo.*

E Kleber prossegue: *Foi um trabalho difícil, complicado, porque ela estava muito vinculada ao método de trabalho do Boal e do pessoal do Arena. A minha proposta era bem diferente. Eu tinha partido pra uma atitude de humildade, que era respeitar o máximo possível o autor. Fui a São Paulo e conversei muito com o Jorge (Andrade). Quando comecei os ensaios falei pra Isabel: vamos trabalhar essa personagem dentro do próprio Jorge, porque ela não é a tia dele como alega, ela é ele. O sentimento é do Jorge, é a queixa que o personagem tem com a decadência, com o sofrimento e com a falta da possibilidade de luta do pai, é a revolta dele.*

Os ensaios totalizaram três meses de trabalho, e chegaram à fazenda da família de Kleber, em Três Rios (RJ). O diretor viajou para lá com o elenco por uma semana, e trabalharam intensamente. Mas a dificuldade de Isabel persistia como atesta Kleber: *Ela empacou por muitos ensaios. Sofreu, sofreu, até que, de repente, estalou. Quando estávamos a uns 15 dias da estréia, aí eu vi: ela é a protagonista. Não é uma peça de quatro personagens iguais. Aí convidei o Jorge para ver o ensaio. Ele veio com uma piteira de ouro, muito esnobe, e nosso clima era outro. Falou pausadamente do passado, da família, dos paulistas quatrocentões. Isabel ficou tocada, debochou e ironizou quanto quis. Ficou um clima. Nós estávamos com o espetáculo pronto, na mão. Acho que ele sentiu que não era uma visão conformada. Tinha uma revolta acontecendo no país e a nossa montagem refletia isso.*

A personagem Lucília lhe rendeu muitos elogios da crítica e ganhou a platéia carioca. Ate hoje seus colegas atores lembram de sua atuação nesse espetáculo.

Um dos trabalhos mais bonitos de Isabel no teatro foi em A Moratória, *tudo era correto no espetáculo*, relembra Joana Fomm.

As cenas dela com o Padilha que abriam o espetáculo eram fantásticas, atesta Kleber.

Esse mesmo papel revelou Fernanda Montenegro em montagem paulista de *A Moratória*, assinada por Gianni Ratto nos anos 50. Isabel declarou sobre sua antecessora: *Fernanda é atriz excepcional.*

A imprensa do Rio recebeu-a como Anti-Ava, porque a publicidade insistia em transformá-la em uma *Ava Gardner brasileira*. Diz O Globo: *Talvez por causa de seu olhar denso, de sua figura elástica. Isabel Ribeiro – paulista de 23 anos – no entanto, é a própria contradição, no sentido de glamour comercializado, que existe da condessa descalça.* E prossegue: *Sua presença é forte; uma personalidade teatral como raramente a gente encontra. Agora, Isabel veio para o Rio. Estreou anteontem no Teatro Jovem, com o grupo de Kleber Santos, fazendo o mesmo papel de A Moratória, que há anos revelou uma das grandes damas de nossos palcos, Fernanda Montenegro.*

O Teatro Jovem nasceu na Faculdade de Arquitetura da Urca, sempre com Kleber Santos à frente. O espetáculo de estréia foi *A Mais Valia*, de Oduvaldo Vianna Filho. Passou a ocupar o prédio da União das Operárias de Jesus, instituição religiosa em Botafogo, no final dos anos 50, onde se semeou um teatro vivo, engajado, contestador, criando o ambiente efervescente do teatro carioca da época. Lá rolaram montagens históricas, com autores do nível de Francisco Pereira da Silva, Nélson Rodrigues, Ionesco (com a presença do próprio inclusive) e Jorge Andrade, como *O Chão dos Penitentes*, *Chapéu de Sebo*, *O Vaso Suspirado*, *A Pena e a Lei*, *Álbum de Família* e *Três Vezes Ionesco*. No Teatro Jovem originou-se outro grupo que iria revolucionar a década seguinte: o Opinião. Ferreira Gullar, Teresa Aragão, João das Neves, Denoy de Oliveira, Pichim Plá, Boal e Vianinha não arredavam os pés de lá. Poucos meses depois, fundariam o Teatro Opinião em Copacabana, com a cumplicidade e a colaboração dos integrantes do Teatro Jovem: *Até Isabel pegou no martelo*, relembra Kleber.

Com o sucesso de *A Moratória*, Kleber passou a ocupar outros horários do teatro. Assim criou às sextas-feiras à meia-noite um encontro com o samba, inspirado no Zicartola, a casa de Cartola e dona Zica no sobrado da Rua da Carioca. Ali o samba de raiz resistia culturalmente, regado à famosa feijoada de dona Zica. Kleber trouxe para zona sul a mesma turma que abrilhantava as noites e os fins de semana do centro – Nélson Cavaquinho, Helton Medeiros, Zé Ketti, Jair do Cavaco, Nélson Sargento e o adolescente Paulinho da Viola. Desses encontros nasceu um dos espetáculos musicais mais importantes de todos os tempos: *Rosa de Ouro*. Continua Kleber:

A música brasileira de raiz estava abafada pela bossa nova, e também começava a entrar o iê-iê-iê na jogada. Os sambistas estavam na rua da amargura, o Zicartola era o único reduto deles. Com os encontros de samba dando certo, ocupei as noites de segunda-feira misturando o popular e o erudito. No primeiro show juntamos o Turíbio Santos com a Clementina de Jesus, no segundo o violonista uruguaio Oscar Caséres com a Aracy Cortes. Isso gerou o Rosa de Ouro.

Telma Reston ficou amiga de Isabel no Teatro Jovem. Ali começou uma longa amizade que durou toda a sua existência. Trabalharam juntas em *Senhor Puntilla e seu Criado Matti*, de Brecht, no Teatro Ginástico, e na novela *Helena*, na TV Manchete. Mas foi nas noitadas de samba que as duas se conheceram melhor, cúmplices de uma mesma alegria:

Nós ficamos amigas de cara, no Teatro Jovem. Ambas namorávamos sambistas: eu namorava o Zé Ketti e Isabel o Helton Medeiros, mas ela era apaixonada pelo Paulinho da Viola. E a gente pra cima e pra baixo com os sambistas. Íamos a pé até Santa Teresa, ninguém dormia!...

José Wilker era prata da casa. Marcou presença em diversas produções do Teatro Jovem e foi lá que montou seu primeiro texto: *Trágico Acidente Destronou Teresa*, vencedor do I Seminário de Dramaturgia do Serviço Nacional de Teatro. Conheceu Isabel nessa época, mas só trabalharam juntos mais tarde em *Senhor Puntilla* e *Antígona,* no teatro e *Besame Mucho,* no cinema. Na televisão, quando dirigiu a teledramaturgia da TV Manchete, foi ele quem contratou Isabel Ribeiro para a novela *Helena.* E foi também um amigo solidário, quando a hospedou em seu apartamento no Leblon durante tratamento de saúde. Diz Wilker:

Isabel era uma atriz muito especial, uma atriz visceral, pra mim era uma escola de atuação; acho que era a correspondente do Fauzi Arap no teatro, como temperamento em cena. Ficava absolutamente tomada pelas personagens, com uma capacidade de concentração extraordinária e talvez isso seja uma das causas de adoecer fisicamente; entregava-se de tal maneira, tão visceralmente, tão integralmente, que acho que muito das dores das personagens ela carregava pra vida privada.

No meio da temporada de *A Moratória* Isabel sumiu. Apaixonou-se por um ativista político, cujo nome de guerra era Hugo, e exilou-se numa casa da Embaixada do Chile, como lembra Joana Fomm:

Ela chegou em casa e me pediu um colchão emprestado. Eu falei, claro pra onde você vai? Ela disse: Vou pra embaixada. E o teatro, se

ligarem? Ela: *Você diz que não sabe de mim...
Sumiu de tudo.*

*Não era embaixada, não, era um casarão na Rua
Senador Vergueiro que o governo do Castelo
Branco concedeu extraterritorialidade, a pedido
do Chile. Fui lá, Isabel estava dormindo no chão
frio, se auto-exilou com o cara. E o espetáculo
superlotado. Pedi que ficasse por duas semanas
para fazer a substituição. Ela respondeu que não
ia sair de lá mais. Minha alternativa foi colocar a
Maria Gladys. Ela sabia o papel, pois via a peça
quase todo dia,* diz Kleber.

*A primeira vez que realmente prestei atenção
na Isabel foi quando ela teve de ser substituída
na* Moratória. *Eu vi o que trazia para o espetáculo, ele era propriedade dela. A montagem
tinha trabalhos geniais da Vanda Lacerda, do
Paulo Padilha, os dois eram maravilhosos. Mas
Isabel era o contraponto que dava uma densi-
dade, uma intensidade, uma verticalidade que
o espetáculo precisava, e que perdia muito sem
ela,* relembra Wilker.

A chegada de Isabel ao Rio de Janeiro foi boa
para os dois lados. A cidade ganhou o seu sorriso, o seu talento, a sua juventude. E Isabel
integrou-se de tal maneira à natureza do Rio
que foi ficando, foi ficando e deslanchou sua

carreira, tornando-se uma atriz respeitada e assídua em espetáculos, filmes e novelas. Tão intensa quanto no Arena, a passagem de Isabel pelo Teatro Jovem ao mesmo tempo em que abriu seus horizontes deixou uma marca, fincou bandeira.

Conclui Kleber: *Quando ficava à vontade, era maravilhosa! Ela tinha uma carência familiar grande, e o teatro foi a família dela. Isabel e a Virgínia Valli disputavam quem era a dona da casa. Davam ordens, mandavam limpar, varrer os camarins. Compravam produtos para limpeza, colocavam paninhos para forrar as bancadas. Era divertido, Virgínia era debochada, alegre e as duas ficaram muito amigas. Isabel foi muito bem recebida, todo mundo adorou o seu trabalho na Moratória. A peça ganhou muitos prêmios, acho que ela também foi premiada, não me lembro qual a premiação... A Vanda Lacerda ganhou o Prêmio Padre Ventura de coadjuvante. Isabel perdeu injustamente para Maria Della Costa, em Depois da Queda, de Arthur Miller. Estava bem, mas Isabel merecia.*

Capítulo IV

A Decolagem

Isabel Ribeiro aproveitou todas as oportunidades que lhe ofereceram, sem distinção, desde que pudesse exercer a profissão com dignidade e sobreviver dela. Fez coro, foi protagonista, coadjuvante, pontas em cinema, e foi até produtora de elenco. Uma vida nômade despontava e ela embarcava com a cara e a coragem no carrossel de sua decolagem.

O Restaurante La Gôndola, em Copacabana, era o ponto de encontro dos artistas do teatro e da TV, o correspondente carioca aos paulistas Gigetto e Piolim. Todas as noites, quando terminavam os espetáculos, lá por volta de meia-noite, os elencos das peças em cartaz chegavam aos bandos, para jantar e encontrar os colegas. O picadinho era farto e barato. E ainda podia ser dividido. Todos falavam alto, sempre havia o que comentar e trocar informações. Muitos elencos foram formados (e desfeitos) nas mesas da Gôndola. Romances, discussões acaloradas, brigas e gargalhadas sonoras misturavam-se ao burburinho uníssono. Era um lugar para ser visto, uma vitrine. Nas mesas, os artistas, os jornalistas, os grupos de iniciantes, os estudantes de teatro e demais agregados. Podiam ser encontrados habitualmente, Sérgio Britto, Célia Biar, Napoleão Moniz Freire, Jacqueline Laurence, Suzy Arruda, Margarida Rey, Yolanda Cardoso, Nestor Montemar, Thais Moniz Portinho, Vivian Mahr, Emiliano Queiroz, Fausto Wolf, Roberto De Cleto, Antonio Ganzarolli, Fernando Réski, Carlos Prieto, Neila Tavares, Ivan Setta, Germano Filho e Carlos Krooeber, entre muitos outros.

Elencos paulistas em cartaz no Rio de Janeiro confraternizavam com os seus colegas cariocas, e ocasionalmente poderia se encontrar uma Maria Della Costa, uma Cacilda Becker, ou uma Yara Amaral em início de carreira.

Isabel namorava o ator mineiro Paulo Augusto, seu colega de elenco em *Édipo Rei* e *O Burguês Fidalgo*. O ator Emiliano Queiroz lembra-se até hoje da elegância que Isabel tinha ao segurar os talheres e traçar o picadinho com tal delicadeza e sofisticação dignas de uma rainha.

José Wilker, outro freqüentador do pedaço, recorda as diversas noitadas em companhia de Isabel:

Quando cheguei ao Rio, eu, Isabel e a Vívian Mahr freqüentávamos a Gôndola até de madrugada. A gente se embriagava e depois saía conversando pela rua. Amanhecia o dia e ainda tinha assunto. Ela não era de conversar. Depois de ouvir horas a gente falar, dizia uma frase que fechava o assunto e silenciava o debate. Era um período que todos tinham opinião sobre o que acontecia no Brasil. Isabel não tinha muito saco pra isso. Na verdade, guardava suas opiniões para o momento da atuação, e aí era absolutamente clara, explícita, genial. Sem nenhum enigma maior.

Depois de *A Moratória* e seu sumiço, voltou discretamente entre as bruxinhas de *As Feiticeiras de Salém*, de Arthur Miller, dirigida por João Bettencourt, e ao lado das iniciantes Djenane Machado e Hildegard Angel, no Teatro Copacabana. Para ela, era muito natural um dia ser protagonista e no outro coadjuvante.

Em 1966, Isabel aparece na montagem carioca do musical *Arena Conta Zumbi*, de Augusto Boal, Gianfrancesco Guarnieri e Edu Lobo, matando as saudades de seus colegas do Arena, sob a direção de Paulo José. O crítico Yan Michalski em artigo no *Jornal do Brasil*, de 19/10/1965, destacou a atuação do elenco, especialmente as presenças de Dina Sfat e Mílton Gonçalves: ... *Mas também outros quatro integrantes do elenco, Vera Gertel, Isabel Ribeiro, Paulo José e Francisco Milani, atuam sempre com inteligência e vivacidade, e todos os desempenhos são verdadeiramente exemplares no que diz respeito a uma perfeita noção de trabalho de conjunto.*

Também nesse mesmo ano estreou no cinema numa ponta na co-produção Argentina-Brasil-Chile *ABC do Amor*, a convite do diretor Eduardo Coutinho. Filme de três episódios aparece em *O Pacto: É uma participação pequena, como a amiga de Vera Vianna, a protagonista do episódio. Não tinha feito cinema ainda; eu a convidei e ela topou. Mas eu já estava de olho nela desde* A Moratória, *em que estava extraordinária*, afirma Coutinho.

Seguiram-se diversas aparições rápidas e curiosas no decorrer da trajetória de Isabel Ribeiro. *Todas as Mulheres do Mundo*, de Domingos de Oliveira; *Garota de Ipanema*, de Leon Hirszman (*eu passava com uma bandeja e só*); e *Como Vai, Vai Bem?*, episódio de Alberto Salva, serviram de aprendizado (e vitrine) na seara do longa-metragem, veículo que dominaria a seguir.

No teatro teve o seu primeiro contato com Flávio Rangel (com quem faria *Édipo Rei, Vargas* e anos mais tarde *O Santo Inquérito*) em *Senhor Puntilla e Seu Criado Matti,* de Brecht, no Teatro Ginástico. Encabeçavam o elenco, Ítalo Rossi, Jardel Filho, Napoleão Moniz Freire e Ítala Nandi, seguidos por José Wilker, Paulo César Peréio, Vera Gertel,Rosita Thomás Lopes, Esther Mellinger, Cecil Thiré e Telma Reston.

O Senhor Puntila, *com Joana Fomm e Ítalo Rossi*

Nós éramos as quatro noivas do Puntilla: eu, Isabel, a Joana Fomm e a Esther Mellinger. Estreamos em Curitiba e depois viemos para o Ginástico. Tomamos um porre na estréia que me lembro até hoje!, ilustra Telma.

E, mais uma vez, Isabel foi notada pelo critico Yan Michalski, em 21/09/1966:

Isabel Ribeiro, que nas cenas de conjunto das quatro noivas não se sobressai do nível apenas razoável das suas companheiras, dá uma mostra de sua força dramática no momento em que, sentada no chão, responde a Puntilla...

Na grandiosa montagem de Flávio Rangel para *Édipo Rei*, de Sófocles, estrelada por Paulo Autran e Teresa Rachel (depois Cleyde Yáconis) no Teatro João Caetano, Isabel reaparece no grupo dos corifeus, ao lado de Isolda Cresta, Antonio Ganzarolli, Germano Filho, Jura Otero, Paulo Augusto e Antero de Oliveira. Foi seu momento coro.

Emendando um trabalho no outro, esteve em *Rastro Atrás*, de Jorge Andrade, dirigido por Gianni Ratto, e *O Burguês Fidalgo*, de Molière, com direção de Ademar Guerra.

E o célebre ano de 1968 chegou pra não acabar nunca mais, segundo Zuenir Ventura. "*É preciso estar atento e forte, não temos tempo de temer a morte*", cantava Caetano Veloso, em *Divino Maravilhoso*. Os estudantes franceses e brasileiros incendiavam as ruas levantando a bandeira do Poder Jovem. Mas a ditadura militar contra-atacava e Costa e Silva decretava o AI-5 em plena véspera de Natal. A barra ficou pesada, e só tinha uma saída: encarar.

Com a indicação certeira do amigo Luiz Carlos Ripper, Isabel foi convidada por Carlos Diegues para filmar *Os Herdeiros*, e assim teve sua primeira grande oportunidade no cinema, como atesta Cacá Diegues: *Eu não a conhecia pessoalmente,*

ÉDIPO - REI

SÓFOCLES

GOVÊRNO DO ESTADO DO PARANÁ

apresenta

ÉDIPO - REI

de

SÓFOCLES

ÉDIPO	**Paulo Autran**
JOCASTA	**Cleyde Yaconis**
TIRÉSIAS	**Jorge Chaia**
CREONTE	**Oscar Felipe**
AIA	**Margarida Rey**
EMISSÁRIO	**Paulo César Pereio**
PASTOR	**Carlos Miranda**
CORIFEU	**Antônio Ganzarolli**
	Isabel Ribeiro
	Isolda Cresta
CÔRO	**Germano Filho**
	Antero de Oliveira
	Paulo Augusto
	Jura Otero

ADEREÇOS	**Dirceu e Marie Louise Nery**
MONTAGEM:	**Piccini**
CONFECÇÕES ÇÃO: GURINOS:	**Stella Graça Mello**
ADMINISTRAÇÃO:	**Carlos Miranda**
ASSISTENTE DE DIREÇÃO:	**Ademir Ferreira**
ELETRICISTA:	**Acyr**

TRADUÇÃO:	**Geir Campos**
CENÁRIOS E FIGURINOS:	**Flávio Império**
SUPERVISÃO MUSICAL:	**Roberto Regina**

DIREÇÃO DE:	**Flávio Rangel**

Édipo-Rei foi seu momento corifeu

só através de trabalhos. O Ripper fazia a direção de arte e me indicou. Foi muito importante para o filme ter Isabel no elenco, a maneira generosa e discreta como se portou, suas tiradas sempre inteligentes e inspiradas, foi um prazer. A cena em que está vestida de noiva na ponte eu aproveitei das idéias que ela me deu.

Além do visual bem acabado de Ripper, o filme tem fotografia de Dib Luft, música de Villa-Lobos e um superelenco: Sérgio Cardoso, Odete Lara, Mário Lago, Paulo Porto, Hugo Carvana e as participações *vips* de Caetano Veloso, Dalva de Oliveira e do ator francês Jean-Pierre Léaud.

Os Herdeiros é um filme que traça o panorama político brasileiro de 1930 à queda de Vargas em 1945. Em plena ditadura, foi um prato feito para sua interdição: *Em dezembro, o filme foi censurado pelo AI-5 no momento em que eu estava montando. Tive de esperar, e em julho do ano seguinte recebi o convite do Festival de Veneza para apresentá-lo. Graças a esse convite consegui tirar o filme do Brasil, e viajei pra não voltar mais. Fiquei exilado na Itália e em Paris. O produtor Jarbas Barbosa só conseguiu lançá-lo no Brasil em 1971, com oito minutos de corte. Foi muito bem-sucedido no exterior, passou em toda a Europa e no Festival de Nova York. A onda do cinema novo deu o respaldo, e foi o filme que me fez mais conhecido lá fora*, explica Cacá.

A carreira de *Os Herdeiros* no Brasil foi acidentada e acabou por não ser bem recebido pelo público. Hoje é um filme *cult*, incensado por intelectuais e admiradores. Bela alegoria engajada.

DIFILM *apresenta*

Azzylo Muito Louco

um filme de **NELSON PEREIRA DOS SANTOS**

Nildo Parente   Isabel Ribeiro
Leila Diniz   Arduíno Colassan

Capítulo V

Exercício da Profissão

O Cinema Novo estava em plena ascensão com os cineastas mais antenados engajados no *cinema cabeça*, no *cinema questionador* e *inventivo* que deslanchou no conhecido movimento cinematográfico. Depois de ter trabalhado com Cacá Diegues não foi difícil para o amigo Luís Carlos Ripper (mais uma vez) indicar Isabel para Nelson Pereira dos Santos, que preparava seu novo longa *Azyllo Muito Louco*, baseado no conto *O Alienista*, de Machado de Assis. Ripper era o diretor de arte, Luiz Carlos Lacerda, o Bigode, assistente de direção, e Nildo Parente, o protagonista da história, o revolucionário Padre Simão. Esse trio acompanhou de perto Isabel durante todo o processo de filmagem e tornaram-se Inseparáveis no convívio diário.

Isabel Ribeiro ganhou a personagem principal feminina, dona Evarista, mas seu envolvimento com o filme foi além, como lembra Bigode: *Conheci Isabel no ateliê do Ripper, primeiro em Santa Teresa e depois em Paraty. Ela foi a artesã número um, todo dia cumpria horário, fazendo as jóias que foram usadas no filme. Tinha uma habilidade manual incrível, gostava de colaborar, de ser solidária.*

Todo rodado na cidade de Paraty, em 1969, *Azyllo* durou mais de seis meses para ser concluído. Com uma pequena verba descolada no Banco do Estado do Rio, Nelson alavancou o trabalho e adotou o regime de cooperativa. No meio do caminho o dinheiro acabou, e uma pausa se fez necessária até que mais adiante Nelson conseguisse continuar. Mas isso não tirou a animação da equipe/elenco, pelo contrário. Viagens lisérgicas, noitadas de sinuca regadas a caipirinha e o clima mágico da cidade contribuíram muito para a realização de um dos filmes mais charmosos e plasticamente belos saídos daquela fornada. Os figurinos de Ripper, a fotografia de Dib Luft, o elenco refinado e afinado (Nildo Parente, Isabel Ribeiro, Arduíno Colassanti, Irene Estefânia, Leila Diniz, José Kleber, Ana Maria Magalhães e Nelson Dantas) e a mão firme de Nelson Pereira na direção resultaram em um filme que agradou a toda crítica, mas segundo o crítico Salvyano Cavalcanti de Paiva, *ganhou a indiferença do público*.

Nildo Parente é o ator que mais filmou com Isabel Ribeiro. Foram nove filmes e uma peça de teatro. E ainda moraram juntos em Friburgo, no sítio de Ivan de Albuquerque. Essa amizade nasceu ali, nos preparativos de *Azyllo,* e seguiu vida afora. Fala Nildo:

Um mês antes de começar a ser rodado, Nelson me mandou para Paraty. Fiquei com o Ripper e o Bigode, que faziam a pré-produção. Quando Isabel chegou fui mostrar a cidade para ela. Comecei a conhecê-la nesses passeios. Isabel era muito ligada à natureza, se encantava com detalhes, se emocionava com uma flor, uma árvore, com as cachoeiras.

Para Bigode, a amizade por Isabel intensificou-se em meio a uma paixão que rolou durante as filmagens de *Azyllo Muito Louco: Isabel é uma das pessoas que mais amei na vida. Nasceu uma paixão muito forte entre a gente desde que nos conhecemos. Foi muito emocionante acompanhar o trabalho dela, estando apaixonado, e vendo-a representar de maneira passional e absolutamente visceral. Em cena – completamente transformada –, se entregava tão absoluta que, às vezes, acabava de rodar um plano e ela chorava de emoção, e continuava chorando... Isabel tinha uma relação com a vida e com as pessoas de muita profundidade. Tudo era um mergulho profundo. Qualquer coisa. Desde uma amizade, o amor, o trabalho, a personagem... Isabel estava sempre inteira. Eu estava nessa época no desbunde total e ela tinha uma vida estruturada, e foi isso que nos desencontrou depois. Mas em Paraty foi o tempo em que tudo aconteceu.*

E aconteceu até uma *viagem à Lua*, simultânea à dos astronautas americanos: *No dia em que o homem pisou na Lua, lembro-me bem, dia 20 de julho de 1969, nós tínhamos tomado um ácido. Andamos pela cidade à noite, e as pessoas todas vendo pela TV o grande acontecimento. As pedras das ruas estavam azuladas, refletiam os aparelhos ligados, e nós fomos parar numa padaria que era locação do filme. Quando abrimos a porta... aquela farinha de trigo espalhada no chão com as pegadas dos padeiros, o som alto das televisões, foi um momento inesquecível. Foi quando eu fui à Lua com Isabel numa viagem lisérgica.*

60

E Bigode conclui: *Isabel não pôde dublar o filme porque já tinha ido para o México. Foi Glauce Rocha quem a dublou. Só a Glauce poderia dublar Isabel, uma atriz de intensidade e presença tão impressionante quanto.*

Viagem ao México

Entre um filme e outro o teatro se fazia presente. Pelas mãos do diretor João das Neves, Isabel teve seu segundo momento na tragédia grega: protagonizou *Antígona,* de Sófocles, no Teatro Opinião, ao lado de Renata Sorrah e José Wilker. Mas antes que chegasse ao final da temporada foi requisitada mais uma vez por Augusto Boal para viajar com *Arena Conta Zum-*

bi e *Arena Conta Bolívar* pela América Latina e Estados Unidos. Renata assumiu a *Antígona* e Isabel fez as malas.

Essa viagem mudou por completo o sentido de sua vida. Foi nela que viveu um relacionamento arrebatador com um toureiro mexicano que lhe deu o primeiro filho, Flávio. Foi uma paixão tão intensa que levou Isabel a assumir o filho sozinha (mas com o apoio irrestrito de sua mãe), e a deixou ligada emocionalmente ao toureiro por muitos anos, à espera de uma carta, de um telefonema, de uma notícia qualquer.

Essa história reverberou misteriosa. Por muito tempo, atores e amigos comentavam na Gôndola, no Rio, e no Piolim, em São Paulo, os restaurantes dos artistas da época, o grande babado: Isabel se apaixonou por um toureiro no México e sumiu. Trinta e cinco anos depois, essa história aparece desdobrada e, finalmente, revelada, como veremos na narrativa mais à frente.

A viagem do Arena consistiu nas apresentações de *Zumbi* e *Bolívar* em circuito universitário, passando pelo Peru, México e o festival de Shakespeare Theatre de Nova York.

GRUPO OPINIÃO

ANTÍGONA

5.º ANIVERSÁRIO

O teatro Opinião primou por repertório versátil e consistente. Antígona foi dirigida por um dos cabeças do grupo: João das Neves

*Tragédia Grega tinha tudo a ver com o temperamento
dramático de Isabel. Sua* Antígona era um arraso

GRUPO OPINIÃO

apresenta

ANTÍGONA

de SÓFOCLES

tradução de **Ferreira Gullar**

DIREÇÃO **JOÃO DAS NEVES**

FICHA TÉCNICA

Música — GENY MARCONDES

Produção executiva — PICHIN PLÁ

Cenários e figurinos — HÉLIO EICHBAUER

Fotos — PAULO GOES

Ethel **a moda em meias** Ethel

ELENCO

Antígona . . . . ISABEL RIBEIRO

Creonte . . . . ANTONIO PATIÑO

Ismenia . . . . RENATA SORRAH

Hemon . . . . ENIO GONÇALVES

Tirésias . . . . JOSÉ WILKER

Corifeu . . . . IVAN SETTA

Guarda . . . . LUIS ARMANDO

Eurídice . . . . BEATRIZ LIRA

Mensageiro . . . . FRANCO DE BARROS

Etéocles . . . . ÂNGELO DE MARCOS

Polinices . . . . PAULO TABOADA

Coreutas

MARIA LÚCIA LIMA

CLAUDIA DE CASTRO

SÉRGIO MAURO

APOLONIO

ALEXANDRE LAMBERT

FRANCO DE BARROS

ÂNGELO DE MARCOS

Em cena com Antonio Patiño e Renata Sorrah. Uma
Antígona Deusa e uma Ismênia Dourada

Na volta, duas récitas em Brasília. No elenco estavam também Lima Duarte, Fernando Peixoto, Hélio Ary, Bené Silva e Zezé Motta, além dos músicos sob o comando de Théo de Barros.

Zezé virou sua amiga de infância mais recente, segundo ela própria: *Essa viagem durou três meses e nós dividíamos o mesmo quarto, então ficamos íntimas de cara. Acompanhei um momento muito especial na vida dela, que foi o encontro com o pai de seu primeiro filho. Em Morélia, fomos a uma tourada, e Isabel encantou-se com esse toureiro, acho que Alonso... Afonso. Lembro-me que era muito bonito. A partir daí ficávamos na expectativa das ligações telefônicas. Não o vi mais, só atendia aos telefonemas. Um dia atendi e ouvi a seguinte frase:* Tengo ganas de ver-te. Vê que maravilha! *Foi uma história muito bonita. Depois de Nova York fomos para Brasília, mas Isabel, canceriana como eu, não conseguiu voltar. Trocou a passagem e foi ficar com ele no México.*

Boal vai pelo caminho do instinto para comentar o acontecido: *Existe um sétimo sentido no nariz, que está no sexual. Não importa como seja. Todo mundo era jovem, tinha a beleza do diabo...*

Do convívio no palco e no quarto de hotel ficou para Zezé uma lembrança forte da personalidade de Isabel, um aprendizado que marcou sua vida e sua carreira, a essa altura com apenas três anos de profissionalismo.

Ela representava o tempo todo com as vísceras, uma coisa emocionante. Aprendi muito com ela. Uma coisa que me impressionava também era a simplicidade, vaidade zero. Isabel não tinha essa coisa de se maquiar para sair, no máximo, um batom de vez em quando. Eu ficava admirada: como pode ser tão desprovida de vaidade? Às vezes via nela uma certa melancolia, que eu vi desaparecer dos seus olhos quando conheceu o toureiro.

Longe Daqui, Aqui Mesmo

Retornando ao Brasil grávida, Isabel foi parar na televisão sob a segurança de um contrato para duas novelas. Sua estréia na telinha aconteceu em *Toninho On The Rocks*, estrelada por Antônio Marcos e dirigida por Lima Duarte, e *A Selvagem*, dirigida por Geraldo Vietri, ambas na TV Tupi de São Paulo. Nesta última, os enquadramentos em Isabel eram fechados da cintura pra cima, pelo adiantado estado que se encontrava. Dia 10 de fevereiro de 1971 nasceu Flávio Ribeiro.

Driblando o período de resguardo, Isabel reencontra Nelson Pereira dos Santos e faz uma participação afetiva no filme *Quem é Beta*. Meses depois aceita o convite de Rubens Correia para o espetáculo *Hoje é Dia de Rock*. A seguir faz *Independência ou Morte* e filma *Os Condenados*.

Com Zezé Motta e elenco do Arena no México

Zezé Motta virou sua amiga de infância mais recente no convívio da temporada internacional de Arena conta Zumbi

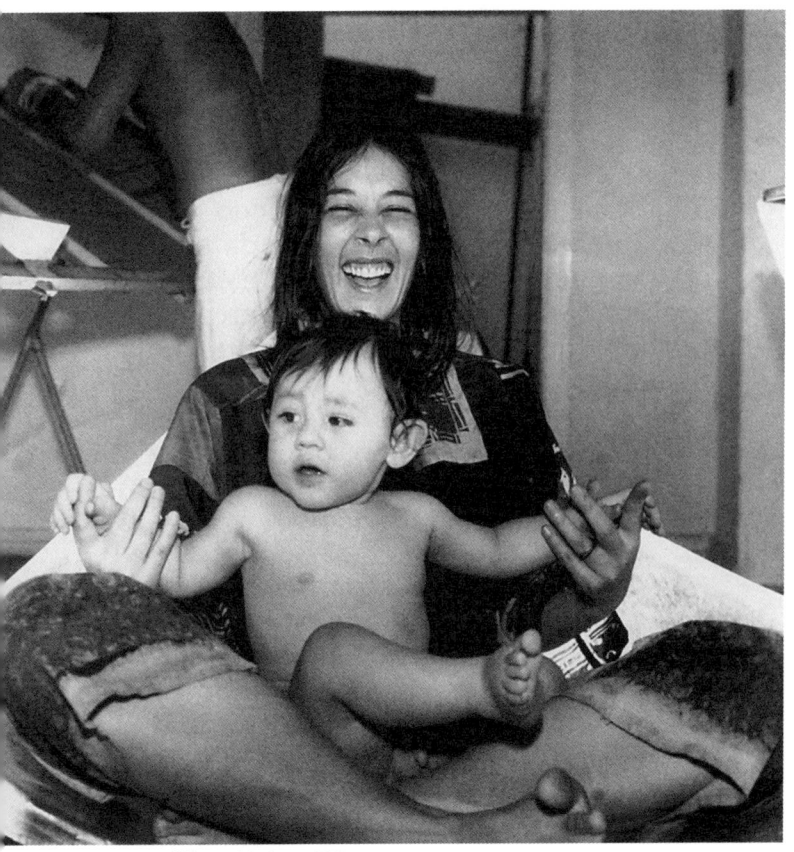

Com o filho Flávio, 1971

É quando cai a ficha, e resolve dar um tempo para curtir melhor o rebento e seu estado pleno da maternidade. Assim, muda-se com malas e bagagens para o sítio de Ivan de Albuquerque e Leyla Ribeiro, em Friburgo. O *Rock* tinha cumprido um ano de temporada e o núcleo do Teatro Ipanema precisava recarregar as baterias. Ivan, Leyla, Rubens, Nildo Parente, Renato Coutinho, a recém-chegada Isabel e seu filho Flavinho foram para um longo convívio longe daqui, aqui mesmo. Fora da agitação urbana, todos vão morar sem luz elétrica, cultivando horta, tomando banho de cachoeira, celebrando o pôr-do-sol diariamente, enfim, *tendo somente a certeza dos amigos do peito e nada mais*, como cantava Zé Rodrix no rádio de então. Inicialmente a idéia era descansar e, ao mesmo tempo, criar um novo trabalho, mas... o ócio foi o melhor negócio.

Estava todo mundo exausto, necessitando de uma higiene mental. Nós ficamos mais tempo, Isabel não agüentou muito, não, acho que ficou uns sete meses com a gente. Não conseguimos pensar em trabalho, era tudo muito disperso. Levamos uma vida calma, cozinhando, tomando banho de sol, bordando. Eu e ela fazíamos toalhinhas, panos de prato, crochê, relembra Leyla Ribeiro.

Nildo Parente recorda com emoção o convívio em Friburgo: *Quando Isabel chegou fiz a mesma coisa de Paraty. Levei-a para conhecer os lugares mais bonitos. Tinha uma cachoeira que apelidamos de Esther Williams, era majestosa, ótima para tomar banho. Queria ver a reação dela. Isabel emocionava-se de verdade com a natureza. Quando chegamos, botou a mão na*

Hoje é Dia de Rock, *1971*, com José Vicente e Isabel Câmara

Isabel Ribeiro (Marquesa de Santos) e Nestor Montemar (D. Pedro) no musical Independência ou Morte, *1972*

Uma estrela cintila no fundo deste olhar, oh, Domitila, o teu olhar

boca, o olho marejava, ficou admirada. Ela era uma força da natureza.

Não se sabe com precisão quanto tempo Isabel permaneceu no sítio. Leyla avalia uns sete meses, Nildo acredita que não passou de três meses. O fato é que ninguém encontrava Isabel Ribeiro, aliás, uma constante em sua vida repleta de escapadas e desvios. Ainda estávamos na era pré-celular, telefone no sítio não existia, o mais próximo era um suspeito telefone público no boteco a quilômetros de distância.

Vivemos ali isolados na maior paz do mundo. Isabel dedicava-se ao Flavinho o tempo todo. No início ele estranhou porque estava acostumado a dormir com a avó; depois ficou bem, era muito quietinho. Íamos todos os dias ver o pôr-do-sol. Ivan levou o banco do cenário de O Jardim das Cerejeiras. Cantávamos celebrando aquele momento. Isabel gostava de me ouvir cantar. Um dia cantei aquele bolero Alguém Me Disse, inteiro. No final, ela gritou lá do quarto: Maravilha, Nildo. Ela não ia muito nos baratos, não. Preferia pegar

Avatar, *1972*, com Jorge Gomes e Maurício Sette, no MAM Rio

uma carona, Isabel já tinha um barato natural. Ela voltou do sítio para fazer a peça de estréia do Ripper na direção: Avatar, conclui Nildo.

A Popularidade da TV

Ao lado de Yara Amaral e Jorge Gomes, Isabel retornou ao trabalho em *Avatar*, montada no Museu de Arte Moderna, Rio, por Luiz Carlos Ripper.

Era tempo dos espetáculos experimentais, muito bem recebidos por uma platéia antenada e iniciada.

Isabel Ribeiro não parou de trabalhar em toda a década de 1970. Pulava do teatro para o cinema, ficava um tempo em São Paulo; de repente, já estava no Rio gravando uma novela, ou envolvida em nova empreitada teatral. Uma cigana a serviço do próximo trabalho.

Por um bom tempo morou com a mãe, Maria, e Flávio, em Laranjeiras, na Rua Mário Portella, 70, 3.º andar. O apartamento era pequeno, com poucos móveis, um rádio antigo e uma máquina de costura. O telefone era o da vizinha, e só para recados de trabalho. Ali era o seu refúgio modesto e aconchegante, onde nada e ninguém interferiam no recolhimento e na harmonia de sua família. Maria costurava e tomava conta de Flávio para que Isabel pudesse trabalhar. Sua amiga Telma Reston morava próximo: *Morei na Mário Portella de 1972 a 1974, numa casinha de vila, e Isabel morava perto da escola de meus filhos. A gente ia muito ao Parque Guinle levar os meninos pra tomar sol. Conversávamos muito, ficamos mais amigas ainda. Lembro-me dela no parque, parecia uma japonesinha, tão delicada, tão doce.*

Nessa época Isabel atuou em diversos filmes. Além dos premiados *São Bernardo* e *Os Condenados*, teve uma experiência marcante com o diretor Arnaldo Jabor em *Toda Nudez Será Castigada*. E mesmo não sendo protagonista, deixou a marca Isabel Ribeiro ao lado de Elza Gomes e Henriqueta Brieba como uma das delirantes tias do *universo rodrigueano*.

No teatro, o ano de 1970 ainda lhe daria um papel à altura: foi Branca Dias, de *O Santo Inquérito*, a melhor personagem feminina da obra de Dias Gomes, com direção de Flávio Rangel, Teatro Teresa Rachel.

A TV começou a tomar espaço em sua vida. Sua estréia na Globo foi em *O Rebu (1973)*, dirigida por Walter Avancini e Roberto Talma. Fez mais sete novelas na emissora com boas personagens e salários compensadores. Isso lhe proporcionou a segurança financeira que nunca teve, mesmo

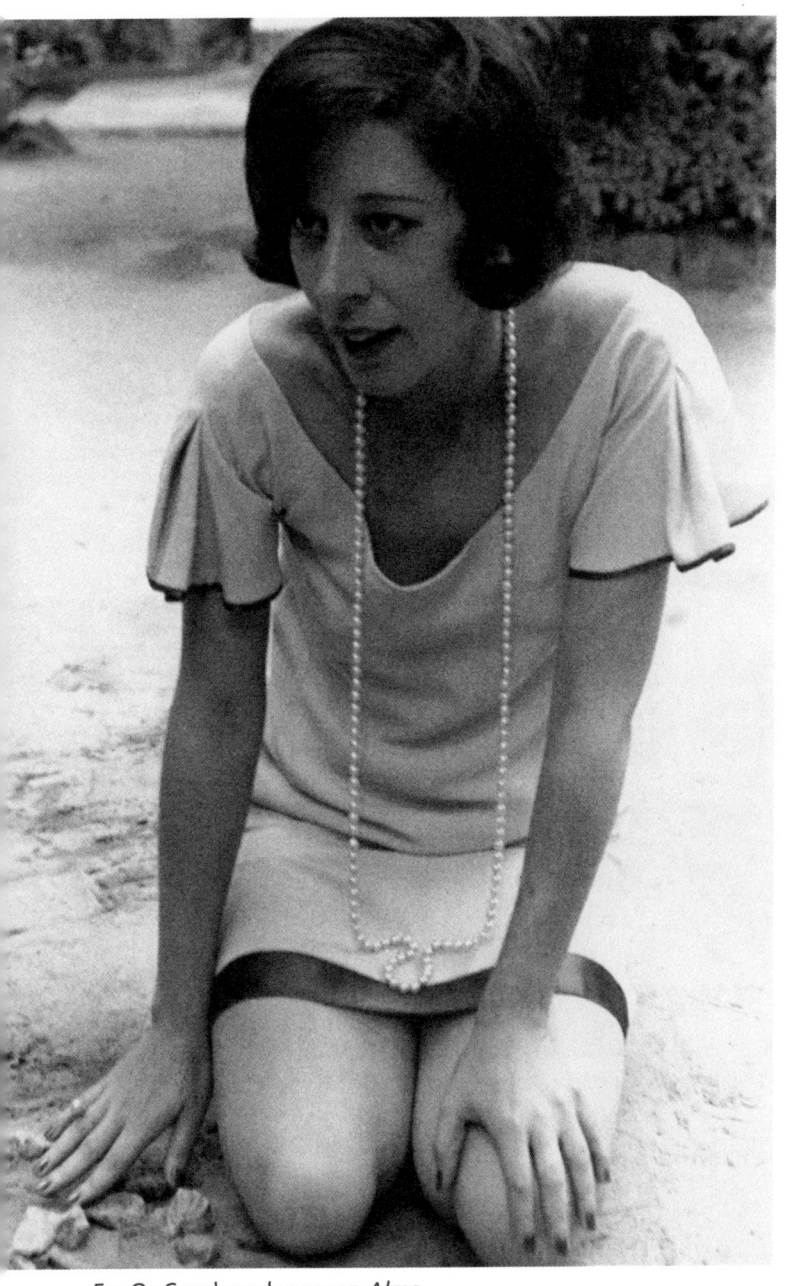

Em Os Condenados *como Alma*

Os Condenados, *com Cláudio Marzo*

Caso fosse musicista ia tocar violino, tal a maneira precisa de interpretar e construir uma personagem (Zelito Viana)

São Bernardo, com *José Policema*

Os closes foram inventados para um rosto como esse
(Vicent Canby–The New York Times)

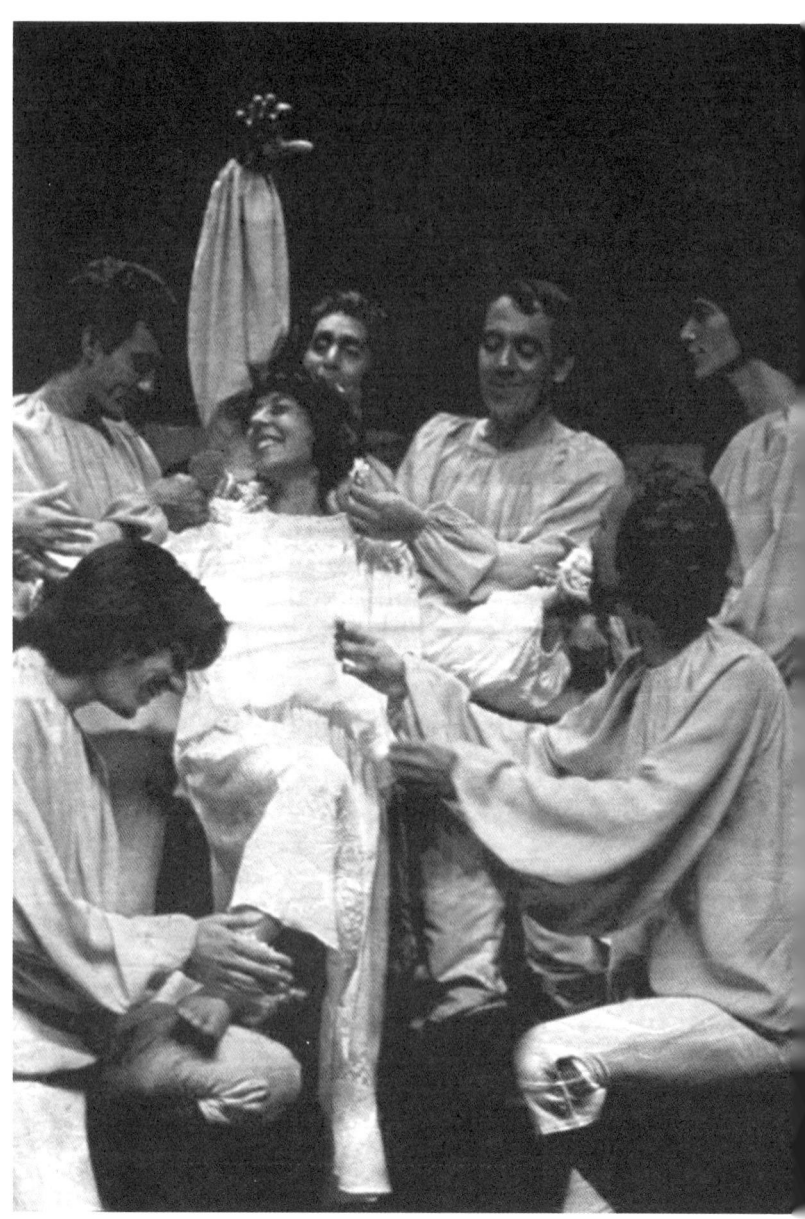

O Santo Inquérito, *com o elenco*

Contracenando com Rubens de Falco em O Santo Inquérito

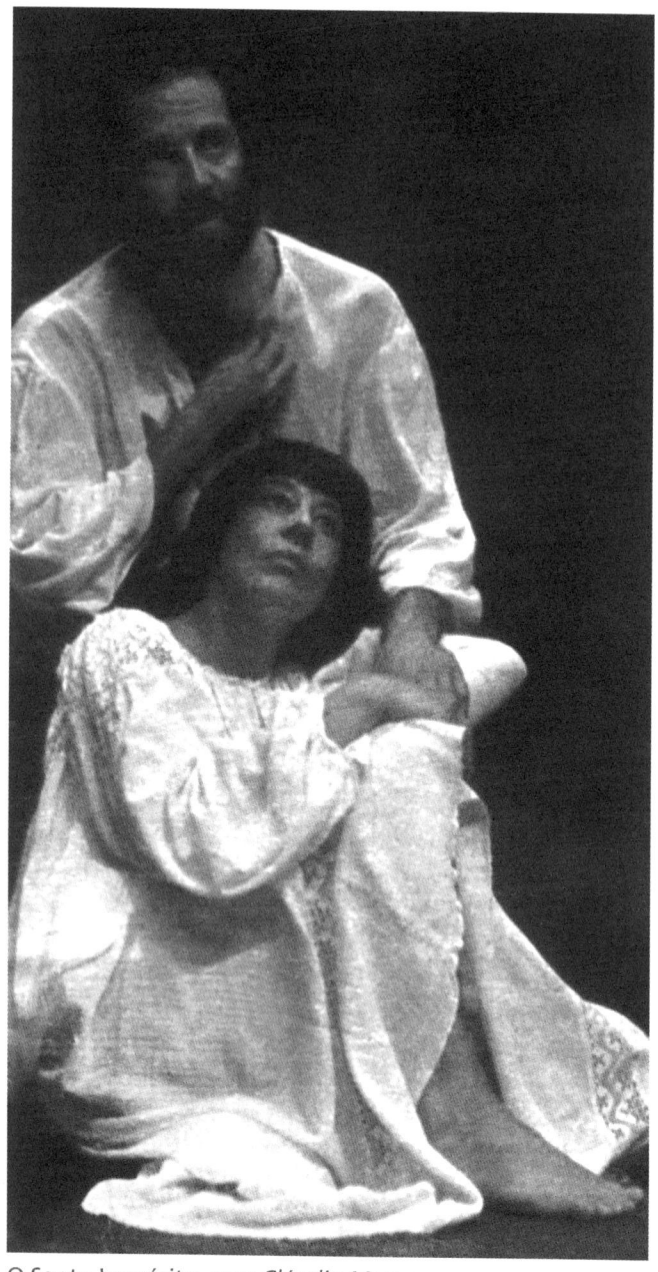

O Santo Inquérito, *com Cláudio Marzo*

nos trabalhos cultuados do teatro e do cinema. Sempre respeitada por seus desempenhos, ganhou popularidade em duas novelas: *Duas Vidas*, de Janete Clair, dirigida por Daniel Filho; e *Sol de Verão*, de Manoel Carlos, dirigida por Roberto Talma

Da sofisticação de Bráulio Pedroso (*O Rebu*) e Dias Gomes (*O Grito*), Isabel deu um salto para a popularidade de uma novela das oito, assinada pela primeira-dama do folhetim, Janete Clair. Era a terceira novela de Isabel na Globo, sua estréia no horário nobre. Na trama, sua personagem era Sônia, a mulher madura e solteirona que despertava o amor do jovem Maurício, Stepan Nercessian:

A novela foi um grande sucesso. O Daniel Filho estava fazendo uma mudança na novela das oito, tornando os atores mais coloquiais, mais naturais. Isso também influiu no agrado de nossos personagens. Eu andava nas ruas e as pessoas falavam: Fica com a Sônia! Eu era o namoradinho da Cristiane Torloni, então rolou aquele triângulo amoroso que mexeu com o público, constata Stepan.

Mas a censura tentou cortar esse relacionamento, porque fugiu ao padrão de comportamento. Stepan lembra muito bem de como ocorreu a polêmica: *A Janete me ligou uma*

O Rebu, *com Bete Mendes*

Duas Vidas, *com Stepan Nercessian*

noite desesperada: aconteceu uma tragédia. A censura não quer a figura da amante, vou ter de separar você da Sônia. *Eu falei na mesma hora pra ela:* por que você não casa os dois? *A Janete tomou um susto, e eu insisti:* Se você casa o Maurício e a Sônia ambos vão ter um cotidiano, e vamos ver como é a vida de um garotão com uma mulher vivida. *Aí ela falou:* É isso, eu vou casar vocês!

Deu o maior pé. A união entre Sônia e Maurício quebrou um tabu e ganhou a aprovação geral do público. É claro que a química entre Isabel e Stepan foi determinante:

Essa convivência foi tão linda. Isabel era uma atriz de uma intensidade fora do comum, então era um prazer contracenar com ela. A gente teve muita sorte, porque tínhamos o Daniel nos dirigindo. Daniel gostava muito de nos dirigir. Ficava uma força supercriativa. Por exemplo, eu tive cenas com ela em que no meio do diálogo esquecíamos alguma coisa, mas agíamos com absoluta naturalidade. Continuávamos falando de acordo com os personagens. Era uma página e meia de improviso até pegar o fio da meada outra vez. O Daniel nunca parou a gravação, deixava rolar solto. Tinha uma confiança, uma ligação grande entre nós três, e isso aparecia no ar.

Em *Duas Vidas* Isabel Ribeiro estava com 36 anos e Stepan 24, o que não era uma diferença muito grande. O próprio ator vivia nessa época em sua vida particular um casamento com a atriz Camila Amado com diferencial bem próximo.

Vivi essa mesma situação e tudo era muito natural. Eu, particularmente, nem percebia isso, me achava em certos casos até mais velho, mais responsável, comente Stepan.

O tema musical dos dois personagens, composição maior de Cartola, *As Rosas Não Falam,* ficou superconhecido do grande público. *Por causa disso o ator foi à Mangueira conhecer e abraçar o grande Cartola.*

Duas Vidas ficou oito meses no ar com audiência estourada. Entrou para a história da telenovela brasileira como um dos maiores sucessos da escritora Janete Clair. Prossegue Stepan:

Isabel era de uma simplicidade absoluta. Não se considerava grande atriz, não emitia opinião sobre o que achava, mas você percebia que estava ali pra trabalhar, tal qual qualquer pessoa. O que sempre me encantou nela foi a maneira como conduzia sua vida profissional, mais do que tudo em Isabel estava o exercício da profissão, a força de uma trabalhadora. Não tinha estrelismo, mas sim uma paixão ardente por aquilo que fazia, defendia com unhas e dentes os seus papéis.

Stepan, com o humor de sempre, desabafa sobre a única dificuldade que encontrou nessa relação intensa de duas vidas: *Em oito meses de novela tive uma dificuldade muito grande com Isabel, qual seja, fazê-la relaxar e não pensar tanto em trabalho. Só uma vez consegui levá-la para a farra, mas também valeu por todas. Saímos eu, ela e o Tatá (Luiz Gustavo) e fomos pra casa dele. Pela primeira vez Isabel tomou champanhe com a gente. Amanhecemos o dia, 7 horas da manhã, e nós num carro conversível passeando por Ipanema. Isabel estava de braços abertos em pé no banco de trás com aquele sorrisão. Foi a única vez que vi Isabel solta. Uma passagem inesquecível pra mim, pra ela e pro Tatá, tenho certeza,* conclui Stepan com os olhos marejados.

Queixo-me às rosas, mas que bobagem. As rosas não falam. Simplesmente as rosas exalam o perfume que roubam de ti... (Cartola).

Capítulo VI

Divisor de Águas

A década de 1970 me marcou por encontros decisivos em minha vida. O maior foi ter conhecido Isabel. – mulher iluminada, cercada de admiradores apaixonados. Doce como uma uva, era cheia de atenções e carinhos, revelando-se, abrindo-se, soltando as amarras para quem lhe tocasse o coração. Conheci-a no Teatro Ipanema no momento efervescente (e lisérgico) da montagem de *Hoje é Dia de Rock*, e, a partir daí, nunca mais nos separamos. Eu fazia a divulgação permanente do Ipanema, Isabel brilhava no palco, exatamente na peça que afirmava ter sido um divisor de águas em sua vida.

Em 1971, Isabel Ribeiro foi a protagonista feminina da peça *Hoje é Dia de Rock,* de José Vicente, montada pelo Teatro Ipanema, Rio. A essa altura já tinha caminhado quase dez anos como atriz, desde sua estréia no Teatro de Arena até suas primeiras incursões no cinema. Acredito que dois acontecimentos possam explicar o porquê da sua afirmação: *Hoje é Dia de Rock foi um divisor de águas na minha vida, foi quando soltei as amarras.*

Elenco de Hoje é Dia de Rock

Primeiro foi o fato de ter acabado de dar à luz ao seu primeiro filho, o Flávio, acontecimento que contribuiu para deixá-la cheia de amor e realização. Isso, diga-se, concedeu-lhe plenos poderes para criar uma personagem intensa como Adélia, a mãe mineira da peça, e influir no próprio processo de trabalho do espetáculo, o teatro de grupo, onde a criação coletiva, os laboratórios e as experimentações rolaram solto, um prato cheio para seu temperamento de atriz.

No contexto, esse trabalho elevou seu prestígio no ranking das atrizes brasileiras. O "Rock" a

rubens corrêa e ivan de albuquerque
apresentam

HOJE É DIA DE ROCK

(roteiro para um espetáculo em estilo de romance) de **josé vicente**

distribuição:

a família: pedro fogueteiro .... **rubens corrêa**

adélia .... **isabel ribeiro**

quincas .... **renato coutinho**

rosário .... **isabel câmara**

davi .... **nildo parente**

valente .... **ivan de albuquerque**

isabel .... **leyla ribeiro**

neusinha, mulher de quincas .... **tânia perez**

os que passam:

elvis presley .... **kácá versiani**

índia .... **ivonne hoffman**

seu guilherme .... **klauss vianna**

efigênia .... **ivonne hoffman**

menino do rio .... **paulo césar coutinho**

1º mochileiro .... **arthur silveira**

2º mochileiro .... **paulo césar oliveira**

menina .... **dudu continentino**

passante .... **alexandre lambert**

colocou numa posição estelar de diva do teatro, mesmo que involuntariamente. Criou-se um séqüito de admiradores à sua volta, a reboque de uma montagem de enorme sucesso que consagrou o grupo de Rubens Correia e Ivan de Albuquerque.

A atriz Leyla Ribeiro, viúva de Ivan e uma das filhas de Isabel na peça, foca o impacto causado pela montagem no momento revolucionário que atravessava o mundo no início de 1970, quando o movimento *hippie*, a contracultura, os festivais de músicas, o cinema novo e a renovação do teatro brasileiro incrementaram o caldeirão de influências e mudanças comportamentais. Como pano de fundo, a ditadura militar era o contraponto (ou contragolpe) que antagonizava a sede de renovação desejada. Tempos de perseguições, torturas, censura. Em contrapartida, as viagens de ácido mexiam com o sensorial da juventude e dos transgressores artistas de vanguarda.

Acho que foi um movimento universal. Aconteceu em todos os lugares e aqui resultou no nosso espetáculo. Era uma espécie de crença de que tudo ia acontecer. A peça tinha o subtítulo Um Tempo Novo Vai Começar. *A gente acreditava que o mundo não ia acabar tão mal. Mas, com o passar do tempo, vimos a barra pesadíssima que foi piorando tudo até hoje*, diz Leyla.

Elogiada por toda a crítica, Isabel foi indicada para o Prêmio Molière de melhor atriz do ano. A torcida foi grande, e parte da imprensa incentivou uma campanha de adesão por ela, mas Teresa Rachel com *A Mãe*, de Witkiewicz, dirigida pelo francês Claude Régy, venceu por um voto de diferença.

Isabel era impressionante. Tinha muita luz à sua volta. Na cena com os pombos, interpretava um texto deslumbrante e ia soltando um por vez. Cada um deles representava a nós, os filhos, era o máximo. Eu estava em cena também, ficava encantada todas as noites e admirava o seu desempenho. No camarim ficávamos juntas. Ela sempre quieta, bordando, bordando, adorava bordar, recorda Leyla.

Nildo Parente, era também um dos filhos de Adélia, o *vocacionado* Davi. O reencontro no Teatro Ipanema reafirmou uma amizade que duraria a vida toda e em futuros trabalhos: *O monólogo de Adélia com as gaiolas, acendendo velas e fazendo aquele ritual, era o momento mais especial de Isabel, o ponto alto de sua representação. O Rock mexeu com uma geração. Foi uma dessas coisas que não há como explicar. Ivan e Leyla chegaram da Europa, onde leram a peça com o Zé Vicente, em Paris. O Rubens vinha dos Estados Unidos e aí resolveram fazer o trabalho. A peça chamava-se inicialmente O Botequim. Ivan ia dirigir e estava cheio de idéias, querendo fazer o espetáculo com a participação do público. Aí o Ivan deu uma pirada e desistiu de dirigir. Mas o Rubens resolveu que ia fazer de qualquer jeito. Assumiu e reiniciou o processo dos ensaios pra valer.*

O movimento *hippie* foi sem dúvida a maior fonte de inspiração para Rubens Correia, assim como para Luiz Carlos Ripper e seus figurinos despojados e criativos, e para Cecília Conde, autora do tema musical que virou um mantra na boca dos atores e do público: *Viajante, viajante, de onde é que você vem. Viajante, pra onde é que você vai. Viajante, leva eu, leva eu pra viajar...*

Nos ensaios prevaleceram as idéias do Ivan na interação com a platéia, aquela coisa de dar carinho, flores; olhar nos olhos das pessoas; tudo bem fraternal, paz e amor; tudo a ver com os hippies. Fazíamos improvisações com trechos do Cem Anos de Solidão, *do Gabriel García Márquez, que era o livro do momento. Rubens queria o realismo fantástico na montagem. Toda aquela magia contagiou o elenco e passou para o público*, afirma Nildo.

Crítico de teatro do *Jornal do Brasil,* de 1963 a 1982, Yan Michalski escreveu diversos comentários críticos durante a temporada de um ano em cartaz de *Hoje é Dia de Rock*. Entre os atores do Ipanema, Yan foi apelidado de *crítico da casa*, uma brincadeira com o fato de ter estado sempre presente, dando força aos espetáculos do grupo. Na verdade, Yan ajudou a formar uma platéia fiel e solidária para com as esmeradas produções que ali eram realizadas. Para o *Rock* escreveu três criticas abrangentes. Em *Moto-Contínuo Com Paz e Amor (II)*, de 27/10/71, descreve: *...espetáculo inconfundivelmente brasileiro, sim, mas, também, num certo sentido, talvez o primeiro espetáculo autenticamente latino-americano realizado no Brasil. Os arquétipos humanos que José Vicente e Rubens Correia colocam em cena, o misticismo de lenda que caracteriza a atmosfera da peça e o raciocínio mágico que mistura permanentemente ficção e realidade fazem parte de uma mitologia comum às culturas do nosso continente: Os per-*sonagens de Rock *são primos fraternos da família Buendía de* Cem Anos de Solidão, *respiram o mesmo ar de subdesenvolvimento mágico.*

99

Sobre Isabel – Adélia foi categórico logo na estréia: *Quem mais me impressionou na primeira noite foi Isabel Ribeiro, talvez por ter sido quem melhor cap-tou a característica arquetípica, o estilo* Cem Anos de Solidão, *sugerido no texto e na direção...*

A montagem do *Rock* bombou geral. A partir do quarto mês de temporada, a peça deslanchou e virou o espetáculo da moda. O público se mul-tiplicava, as pessoas voltavam cinco, dez vezes para assisti-la. Surgiram as *fadinhas*, tietes que freqüentavam diariamente as sessões e cantavam com os atores, sabiam o texto de cor, mantinham uma animação permanente no teatro.

No sexto mês Isabel deixou o espetáculo. Aceitou o convite de Nestor Montemar para ser a Marquesa de Santos no musical *Independência ou Morte,* de Hélio Bloch. Ivone Hoffman assumiu o seu lugar e deu seqüência à temporada. A peça ficou em cartaz por mais seis meses. Sua saída foi meio traumática para todos. Mas suas decisões silenciosas eram sempre respeitadas. Como não esquentava mesmo nos lugares, acabaram por entender que era seu direito também alçar vôo e seguir a estrada, da mesma forma que os pombos-filhos daquela doce e carismática Adélia.

As amarras se soltaram.

Em Deliciosas Traições do Amor *Isabel protagoniza o episódio dirigido por Domingos de Oliveira, inspirado no Marquês de Sade*

Capítulo VII

Madalena & Alma

Duas almas contemporâneas. Décadas semelhantes – 1920/30 como pano de fundo. Madalena nas Alagoas, Alma na Paulicéia. Duas personagens saídas da literatura para o cinema através do virtuosismo de Isabel Ribeiro, que dá a ambas uma dimensão maior, mais densa e mais humanística em relação à forma que foram retratadas literariamente. Os encontros Graciliano Ramos/ Leon Hirszman em *São Bernardo* e Oswald de Andrade/Zelito Viana em *Os Condenados* proporcionaram a Isabel o ponto alto de seus desempenhos cinematográficos. Dois trabalhos reconhecidos, premiados e aplaudidos internacionalmente. Dignos do melhor que o nosso cinema já produziu.

Mas o que essas mulheres teriam em comum? Além de uma mesma intérprete visceral, que ponto une a professora culta de idéias avançadas do interior das Alagoas com a prostituta mefistofélica e ao mesmo tempo angelical da São Paulo modernista? O mistério pode ser a resposta mais perceptível, possível mesmo em se tratando de realidades e enfoques distintos dos romances inspiradores que Isabel imprimiu em suas personagens cheias de silêncio, pausas, olhares, signos.

A Saga de *São Bernardo*

O problema da mulher no seu mistério e na sua condição social é um dos meus temas prediletos, declara Leon Hirszman à Helena Salem no livro *Leon Hirszman, O Navegador das Estrelas*. Em seguida, diz: escolhi Isabel Ribeiro para o papel por se tratar de *uma atriz de grande sensibilidade e de uma beleza pessoal profunda. É assim que vejo a personagem: como uma pessoa muito bonita. Existe sempre um mistério em Madalena.*

São Bernardo conta a história de Paulo Honório (Othon Bastos), um homem simples, que, movido por uma ambição sem limites, acaba por se transformar num grande fazendeiro do sertão alagoano. Casa-se com Madalena (Isabel Ribeiro) para conseguir um herdeiro. Incapaz de entender a visão humanitária pela qual a mulher vê o mundo, Honório tenta anulá-la com seu autoritarismo. Com este personagem, Graciliano Ramos traça o perfil da vida e do caráter de um homem rude e egoísta, do jogo de poder, do vazio que acompanha sua perigosa escalada, onde não há espaço nem para a amizade, nem para o amor.

Leon Hirszman transpôs para a tela o romance página por página, *recortando o livro do início ao fim*, como escreve Helena Salem: *Os diálogos, as reflexões de Paulo Honório, tudo sai diretamente do romance. O que levou o cineasta a afirmar com freqüência na época: Roteiro mesmo não existe.* Tudo foi marcado em cima do livro.

O filme foi rodado entre 1971 (dois meses) e 1972 (um mês) em Viçosa, Alagoas, o mesmo cenário onde é ambientado o romance, em condições precárias de produção. Muita gente da equipe desistiu no meio do caminho, mas a paixão pelo projeto falou mais alto, conseguindo chegar ao seu término um ano depois.

Ao ser concluído, São Bernardo foi proibido pela censura federal, que desejava cortar 15 minutos para liberá-lo. Leon não concordou e brigou mais um ano. Enquanto isso, exibiu-o em festivais internacionais – Cannes e Berlim. Em outubro de 1973, livre da censura, conseguiu finalmente estrear em circuito nacional. O filme abiscoitou vários prêmios nacionais e internacionais. Isabel foi agraciada com quatro prêmios: O Pelé de Ouro do Festival Brasileiro de Santos, o Molière (Air France), o Governador do Estado e APCA (Associação Paulista de Críticos de Arte).

Em reportagem no *Jornal do Brasil,* em 12/10/73, o cineasta, jornalista e crítico Alex Viany comenta: *Madalena, em particular, adquire no filme uma dimensão que não tem no romance, não só porque está sendo vista também pelos olhos de Leon Hirszman, mas por existir uma atriz chamada Isabel Ribeiro interpretando esse papel.*

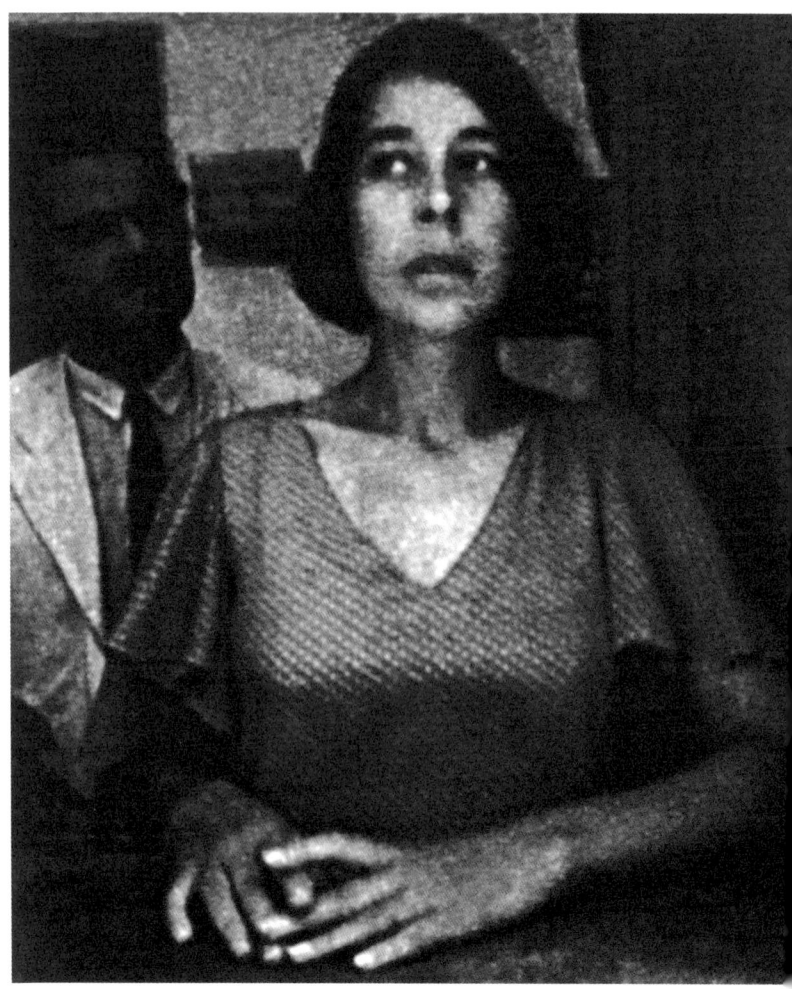

Contracenando com Othon Bastos em São Bernardo ela foi uma madalena silenciosa e intensa

Exibido em 1980 numa mostra de filmes brasileiros no Public Theater de Nova York, *São Bernardo* foi alvo de excelente crítica do exigente Vicent Canby, do *The New York Times* (2/9/80), que teceu elogios rasgados à Isabel Ribeiro: *Uma extraordinária presença cinematográfica, com seus traços longilíneos, angulares, eqüinos... ela não é exatamente uma beleza, mas seu rosto é uma daquelas notáveis superfícies reflexivas que devem fazer a delícia de qualquer diretor de cinema. Sem aparentemente qualquer esforço, ele responde a tudo ao seu redor, mas de formas ambíguas que absorvem nosso interesse. Os closes foram inventados para um rosto como esse.*

O jornal *Diário de S. Paulo,* de 9/11/73, estampou em sua manchete: *São Bernardo: proibido, falido e êxito de público.* Apesar do bom desempenho comercial do filme, as dívidas assumidas e a falta de condições de pagá-las no período de sua interdição pela censura levaram a produtora de Leon à falência. Pura ironia do destino. Depois de realizar a duras penas uma obra-prima como *São Bernardo*, Leon leva dez anos para se recuperar. Mas ainda realizaria, com fôlego e genialidade, *Eles Não Usam Black-Tie* (1981) e *Imagens do Inconsciente* (1983/1986), seus derradeiros filmes.

Com *São Bernardo*, Leon consagrou um dos desempenhos mais apurados de Isabel Ribeiro que ficaram gravados pra sempre em nossa memória e, felizmente, perpetuados no celulóide.

Atravessando a Tela

Graças a Eduardo Coutinho e a Leon Hirszman que Zelito Viana conheceu Isabel Ribeiro, durante a realização de *ABC do Amor*, seu filme de estréia. Sabendo que Isabel gostava também de trabalhar atrás das câmeras, Zelito convidou-a para ajudá-lo a encontrar a atriz do filme.

Ela trouxe diversas atrizes de São Paulo, mas não gostei de nenhuma. De repente, perguntei ao Cláudio Marzo, que já estava escolhido para o papel principal masculino: qual a atriz que você é apaixonado, pra ver a química e tal? Ele falou: Isabel Ribeiro. Aí eu passei a olhar pra ela de outra maneira. Ela era muito discreta, muito fechada e não se levava a sério como mulher sensual. Eu e Ronaldo Abreu, que era mais que maquiador, era um desenhista de personagem e estilista, fizemos uma verdadeira plástica na Isabel. Pintamos seu cabelo de ruivo, maquiagem especial, e aí apareceu aquela mulher superdesejada, que despertava paixões. Era a personagem, relata Zelito.

Os Condenados foi rodado em dois meses no Rio de Janeiro, em 1973. Zelito conseguiu magica-

Alma/Isabel em transe dançando em Os Condenados

mente ambientar no Rio a São Paulo de 1920 e convencer. Curiosidade: a locação usada como a frente da casa em que o personagem João do Carmo (Cláudio Marzo) reside é hoje a Riofilme, distribuidora cinematográfica da prefeitura do Rio de Janeiro, as famosas casas casadas do bairro de Laranjeiras.

Mais uma vez Isabel embarca em um projeto de poucos recursos e superdimensiona, como já acontecera antes em *São Bernardo*, sua personagem, transmutando-a em algo bem maior que sua inspiração literária. É a Alma do filme, como corrobora Zelito: *O plano de abertura tem quatro minutos e meio. Nós ensaiamos, ensaiamos. Aí o Dib (Luft, diretor de fotografia) parou e pediu pra ir à sua casa rapidinho. Nós esperamos. Quando voltou trouxe o tênis, porque o sapato estava escorregando. Dib fez tudo com a câmera na mão, correndo atrás da Isabel pelo set, com o carrinho. E ela dançando completamente encarnada mesmo, não tem diretor que consiga fazer aquilo marcando. Isabel tinha a personagem dentro dela. Tenho a impressão que deu uma dimensão maior à personagem. A Alma do filme é mais complexa que a Alma do romance do Oswald. O mesmo acontece em São Bernardo, onde ela dá um foco à Madalena muito mais amplo do que o Graciliano Ramos criou. É extraordinária sua interpretação!*

Os Condenados

Zelito e Isabel trabalharam juntos mais uma vez: *Gostaria de ter trabalhado muito mais, mas ela sumia, reaparecia em outro lugar envolvida em outros projetos, não esquentava*, comenta. Mesmo assim foi taxativo em considerá-la a melhor atriz brasileira: *De sua geração não tenho dúvida. Não se compara ator, mas ela tinha um nível de sensibilidade fantástico. É uma virtuose. Caso fosse musicista ia tocar violino, tal a maneira precisa de interpretar e construir uma personagem. Não tem um gesto a mais do que o necessário, ou a menos, um olhar a mais, não exagera, anda num fio de navalha próprio dos virtuoses. Existem atores que são tremendamente intuitivos; outros atravessam a tela; outros têm técnica. A Isabel tinha isso tudo, formação teatral, e, ao mesmo tempo, uma intuição que atravessava a tela.*

Premiada com a Coruja de Ouro e Melhor Atriz do I Festival de Cinema de Belém (1974), o reconhecimento por seu desempenho em *Os Condenados* foi destacado pela crítica e por seus amigos: *Acho que é a vez em que Isabel esteve mais linda no cinema, de uma beleza impressionante,* atesta Joana Fomm.

Para o crítico José Carlos Avellar, em seu artigo *A Fotografia é a Verdade* (*Jornal do Brasil*, 31/8/74), a fotografia de Dib Luft e a interpretação de Isabel caminham juntas: *...O melhor exemplo da boa qualidade de interpretação de Os Condenados é o longo plano sobre o rosto de Isabel Ribeiro na cena do nascimento de Luquinhas. Ela passa de uma expressão de dor durante o parto (e a fotografia registra com sensibilidade o vermelho no rosto resultante da tensão) ao sorriso de contentamento ao ouvir o choro da criança, com uma delicadeza de meios-tons semelhantes à mudança de luz no plano final.*

Para Zelito, esta é a cena mais impressionante de Isabel no filme: *Ela pariu a criança, é um troço angustiante. Eu mesmo fiquei angustiado atrás da câmera, emocionei-me várias vezes.*

Avellar em sua crítica analisa detalhadamente o último *take* do filme: *A última imagem de Os Condenados começa com a tela inteiramente escura. Aos poucos o plano vai ganhando luz e aparece o rosto de Alma... Ela olha fixo na direção da objetiva, sem modificar a sua expressão durante o plano, o qual é fixo e silencioso. Nada se movimenta, à exceção da luz. Ela começa suave, sobe até uma intensidade agradável ao olho humano e continua a se tornar mais forte, até que partes do rosto de Alma fiquem claras demais, por excesso de iluminação.*

Enquanto é penteada, ouve atenta as orientações de Zelito Viana

Capítulo VIII

De Carmen Miranda à Theda Bara

Dois momentos, dois eventos. Dois transes distintos: o expressionismo carnavalesco e o mimetismo do cinema mudo. Fosse o que fosse, Isabel Ribeiro mergulhava sempre fundo e surpreendia no resultado. Rolava uma vibração mediúnica em suas transmutações.

Oba, Oba Carnaval

Que grilo é esse? Vou embarcar nessa onda, é o Império Serrano que manda, dando uma de Carmen Miranda... Os versos de Heitor Achiles, Maneco e Wilson Diabo ecoaram pelo carnaval de 1972, para celebrar a passagem da Escola de Samba Grêmio Recreativo Império Serrano no enredo *Alô, Alô: Taí Carmen Miranda*. A idéia do carnavalesco Fernando Pinto, autor do enredo, era transformar a Avenida Presidente Vargas num palco de teatro grego e contar a história da Pequena Notável em alas ilustrativas de cada um de seus principais momentos. Cada ala, uma estrela: Marília Pêra, Leila Diniz, Myriam Pérsia, Norma Suely, Tânia Scher, Wilma Vernon, Rosemary e... Isabel Ribeiro!

Isabel levou a sério a brincadeira. Freqüentou os ensaios, aprendeu o samba, enfim, viajou na

Vestida de Carmem Miranda, no desfile da Império Serrano, 1972

maionese. Pinto criou para ela a fantasia *Oba, Oba Carnaval* – saia com losangos verdes, na cabeça uma pirâmide de pompons... e o resto, samba no pé!

Não deu outra. Isabel surpreendeu e se superou. *Baixou* a Carmen com caretas, trejeitos, deboche e humor. E o mais importante: a eletricidade de Carmen Miranda.

O filme *Amor, Carnaval e Sonho*, de Paulo César Saraceni, registrou trechos do desfile, onde aparecem Isabel e Leila Diniz. Vale conferir.

Theda em Transe

Um mês depois de sua passagem pela avenida, Isabel entrava no estúdio fotográfico de Carlos Imperial, em Copacabana, para viver mais uma performance memorável. Os diretores de arte Carlos Prieto, Echio Reis e Stênio Pereira, e o fotógrafo Fred Confalanieri produziam fotos para a badalada coluna de Hildegard Angel no Caderno *Ela* de *O Globo*. O tema da semana era *Divas Divinas*, personalidades da vida social e artistas homenageando as estrelas do cinema americano. Isabel foi convidada por Hildegard para reviver Theda Bara, uma das musas do cinema mudo. Em menos de uma hora, Isabel, concentrada e totalmente entregue, embarcou

numa viagem no tempo e... clicou ininterrupta-
mente um filme inteiro. O resultado é este ensaio
primoroso que o tempo preservou graças à atenção e ao carinho do saudoso Fred Confalonieri,
que, a seguir, se transformaria num diretor de
cinema e televisão de saudosa memória.

Hildegard Angel relembra o feliz encontro:
*...Sempre suave, sempre pronta a achar gra-
ça, sempre solidária, Isabel foi convidada por
mim para personificar Theda Bara num ensaio
fotográfico semanal da minha coluna em O
Globo, que a cada semana lembrava uma diva
do passado, por meio de caracterizações de
personalidades do presente. Para Isabel, que
não se maquiava, vaidade zero, totalmente des-
pojada, foi um parque de diversões brincar de
diva retrô, revirar os olhos fundos, empunhar a
piteira, reger gestos lânguidos. Theda Bara, se
visse, teria ficado humilhada tal a superioridade
de sua cover... .*

No estúdio de Carlos Imperial, Isabel virou Theda Bara em ensaio de Fred Confalonieri. Vejam na sequência

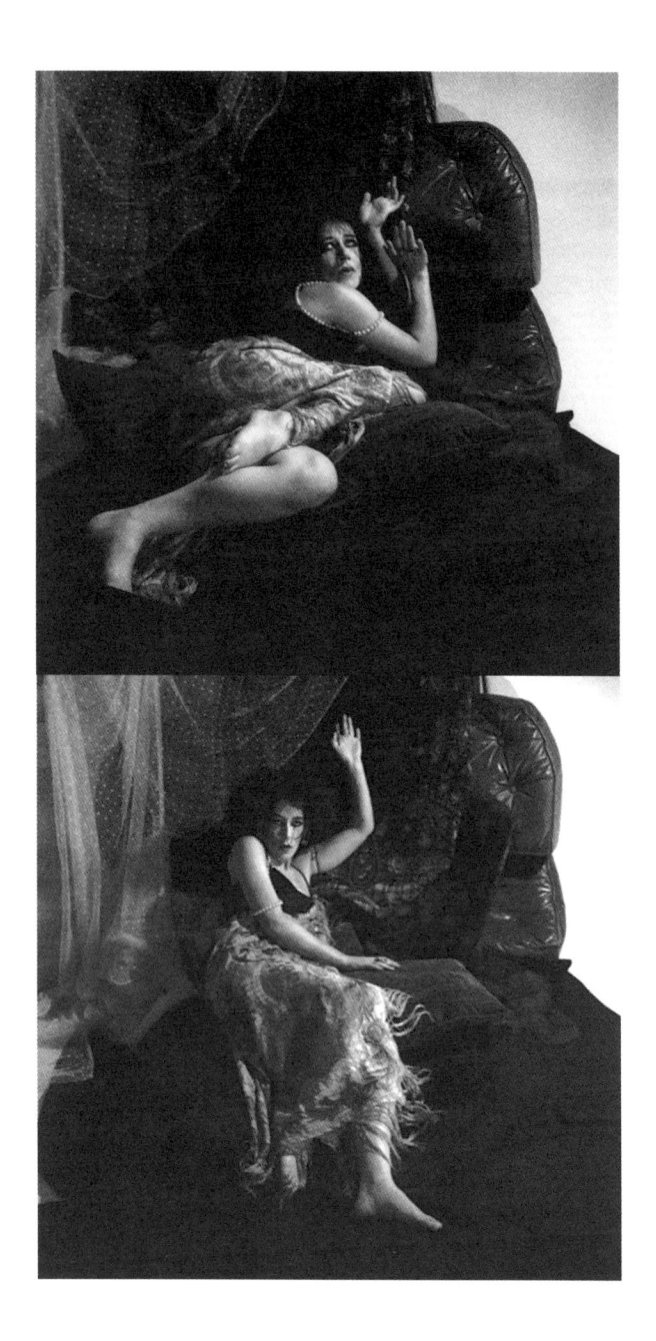

Capítulo IX

Década Derradeira

A década de 80 demarcou os últimos anos de vida de Isabel Ribeiro. Em suas derradeiras atuações no teatro, cinema e televisão, a atriz, madura e auto-suficiente, fechou um ciclo coerente com sua trajetória profissional, e deixou como herança uma galeria de personagens inesquecíveis.

Mulher do Padre

Depois da popularidade alcançada em *Duas Vidas*, Isabel emendou duas novelas na Globo: *Sem Lenço, Sem Documento* e *Sinal de Alerta*. Em seguida retornaria à Tupi, às vésperas de seu fechamento, para fazer a novela considerada como uma saideira honrosa da emissora: *Gaivotas*, de Jorge Andrade, e dirigida por Antônio Abujamra e Henrique Martins. Trama de suspense com produção refinada e elenco categorizado – Rubens de Falco, Yoná Magalhães, Paulo Goulart, Márcia Real, Edson Celulari, Laura Cardoso, Berta Zemel, Rodrigo Santiago, Geórgia Gomide e Altair Lima, entre outros. Na história, um quatrocentão paulista reúne seus colegas de colégio para desvendar, 30 anos depois, os mistérios que envolveram tragicamente a formatura do grupo. Com elegante trilha sonora de Astor Piazzolla, os atores criaram tipos interessantes do universo de Jorge Andrade. Isabel era a meiga Ângela, solteirona e sonhadora, que alimentava um amor antigo pelo velho colega de externato, agora transformado em frei Alberto. O padre era Altair Lima. O amor reprimido de Ângela dá vazão no decorrer da história a um envolvimento mágico com frei Alberto. E vice-versa. No final, o clérigo abandona a batina e fica com Ângela.

Com Altair Lima, 1981

Isabel e Altair, como na novela, apaixonaram-se. E aconteceu o casamento seguido da gravidez de Luiz Paulo e depois de José Clóvis, os dois filhos do casal. Isabel viveu por quase dez anos um casamento conturbado e intenso, assumido epidermicamente por seu desejo mais profundo de formar uma família, e vivenciar um relaciona-

Com os filhos José Clóvis e Luiz Paulo, 1982

mento duradouro e estável. Da mesma forma que Madalena, Alma, Adélia, Lucília, Sônia, Lucrécia e Flora, a opção deste casamento tem muito da Ângela de *Gaivotas*. Talvez não carregasse somente as dores das personagens, segundo declarou José Wilker, mas igualmente o amor delas...

Os filhos José Clóvis e Luiz Paulo, 1988

Parceira da Aventura

Com 38 anos e cabelos clareados, Isabel embarca com o amigo José Medeiros na sua primeira direção: *Parceiros da Aventura*. Isabel abiscoita mais um prêmio: Melhor Atriz do Festival de Gramado de 1979. Na *Revista Filme Cultura* de maio do mesmo ano, José Medeiros declara: *Foi ótimo dirigir e fotografar, porque assim eu não tinha o diretor de fotografia para me perturbar... O que mais me interessou, porém, foi o trabalho de direção de atores. Tive a felicidade de trabalhar com Mílton Gonçalves e Isabel Ribeiro, que, por sinal, deu sugestões simplesmente fantásticas durante as filmagens.*

Em São Paulo fez a sua despedida das telas em três produções: *O Menino Arco-Íris*, de Ricardo Bandeira; *Besame Mucho,* de Francisco Ramalho Jr.; e *Feliz Ano Velho,* de Roberto Gervitz.

Baseado na peça de Mário Prata, o filme *Besame Mucho* foi bem de bilheteria e de crítica, e deu lucro sobre os US$ 500 mil investidos na produção. No elenco estelar, Antônio Fagundes, José Wilker, Paulo Betti, Cristiane Torloni, Glória Pires, Giulia Gam e Isabel Ribeiro dando vida à personagem Irmã Encarnacion, uma das personagens mais citadas na peça, mas que não aparecia fisicamente na versão teatral. Coube a Isabel revelar na tela todo o mistério sobre a religiosa na trama, em participação interessantíssima.

Em *Feliz Ano Velho,* baseado no livro autobiográfico de Marcelo Rubens Paiva, Isabel vive uma enfermeira do tetraplégico protagonista da história. Também no elenco Marcos Breda, Malu Mader, Eva Wilma, Marco Nanini e Betty Gofman.

Durante as filmagens, Isabel conheceu Nélson Nadotti, que lhe proporcionaria seu canto do cisne no cinema: o curta-metragem *A Voz da Felicidade,* e também a sua última premiação, Melhor Atriz de Curta-Metragem do Festival de Gramado de 1988, por sua interpretação impecável como uma suicida, fiel ao melhor estilo Isabel Ribeiro. Na ocasião do lançamento do filme, Nadotti escreveu sobre seu encontro com Isabel: *Conheci Isabel Ribeiro nas filmagens de* Feliz Ano Velho, *onde ela teve um desempenho intenso e encantador. Isabel me impressionou tanto que, finalmente, encontrei a atriz para fazer a personagem Maria, do meu roteiro* A Voz da Felicidade, *transformado em curta-metragem em fins de 1987. Lembro que convidei a Isabel com medo de ouvir um não. Preparei um discurso para a ocasião. Na minha frente, uma das maiores atrizes do Brasil: o que é que eu poderia oferecer a Isabel em troca do que me daria?... Era uma deusa. Como é que se dirige uma deusa? Bobagem. Isabel me ouvia com atenção. Leu o roteiro. Depois, aceitou e trocou idéias sobre a linha da personagem, numa conversa pelo telefone. Tentei ensaiar antes da filmagem, nossos horários não combinavam. Ensaio mesmo só na hora de rodar, num domingo em Porto Alegre, o único dia que tivemos livre. Nos primeiros takes, muita gentileza mútua, mas não me senti seguro. Percebi que ela queria mais detalhes, marcas; sua noção de tempo era sofisticada e precisa. Tomei coragem. E vieram momentos lindos e desconcertantes, como no plano em que Isabel passa da tristeza a um riso compulsivo, sem deixar de chorar. Eu acreditava nela. Parecia que era de verdade. Nada: magia, só magia. Pessoalmente, no pouco contato que tivemos, Isabel sempre me pareceu discreta, delicada, como se não quisesse incomodar ninguém. Mas estava sempre pronta para conversar e trabalhar. Gosto deste tipo de ator. E adorei, adoramos conviver e filmar com Isabel. Pena que foi um dia só, tão curto para tanta beleza.*

Palco-Picadeiro

Isabel Ribeiro conseguiu alguma estabilidade financeira a essa altura do campeonato. Aplicou suas reservas em um sítio em Friburgo, onde pôde (ainda) curtir um pouco os meninos e o casamento. Mas não durou muito. Logo teve de vendê-lo para assumir os compromissos financeiros do Circo Godspel, na Gávea, onde o casal montou uma versão do musical americano *Godspel*. Inspirado no Evangelho de São Mateus em versão *pop*, a

Em Godspel *(1982) travestida de palhacinho, o narrador do espetáculo*

peça trazia no elenco Fernando Eiras, Denise Dumont, Bebel Gilberto, Luiz Damasceno, Paulão, Cristina Santos e Isabel travestida de palhacinho, o narrador do espetáculo.

A superprodução *Vargas,* de Dias Gomes e Ferreira Gullar, no Teatro João Caetano, marcou o seu último encontro com o diretor Flávio Rangel. No elenco, Paulo Gracindo vivia Getúlio Vargas, ao lado de Osvaldo Loureiro, Mílton Gonçalves, Zózimo Bulbul, Deoclides Gouveia e outros. A peça retratava os dois últimos anos de vida de Getúlio Vargas, e Isabel interpretou Alzira, a filha de Vargas. Sua figura forte e carismática em cena recebeu a aprovação e os cumprimentos da própria inspiradora, *dona* Alzirinha Vargas, presente na estréia.

Três anos ficou sem fazer teatro. Em 1986, leu um texto e se apaixonou. Aceitou o desafio de um espetáculo solo e realizou sua despedida dos palcos. Discreta, na sua medida. Fez o monólogo *Aos 50 anos Ela Descobriu o Mar,* de Carlos Mattus, e comemorou perifericamente seus 25 anos de carreira antecipadamente ao declarar:

O teatro tem um quê de misterioso. É uma forma que vai sobrevivendo aos trancos e barrancos, com vitalidade muito grande para se renovar. Cai o pano.

Em Vargas, *com Zózimo Bulbul e Deoclides Gouveia*

TV: Fase Final

Versão romântica e sensual do mito *Drácula* serviu de base para Rubens Ewald Filho escrever e Walter Avancini dirigir a novela *Drácula Uma História de Amor,* nos últimos dias de existência da TV Tupi. Com um superelenco encabeçado por Rubens de Falco, Carlos Alberto Riccelli, Bruna Lombardi, Cleyde Yáconis, Herson Capri, Emílio de Biasi, Yara Lins, Paulo Castelli, Sandra Barsotti e Cláudia Alencar, Ewald escreveu especialmente para Isabel a personagem da ama: *Assim que inventei a trama, criei a personagem* da ama que seria a grande força do bem para enfrentar o mal de Drácula. Achei que só a Isabel teria justamente esse potencial. No final, a história iria revelar que ela seria a mãe do filho de Drácula. Contudo, a novela teve problemas sérios. Foi a última da Tupi. Apenas cinco capítulos foram ao ar, por sinal, muito elogiados, das melhores coisas que se fez na TV, mas acabou por aí, declara Ewald.

Com a interrupção da novela e o fechamento da Tupi, Avancini transferiu-se para a TV Bandeirantes e relançou a novela batizada de *Um Homem Muito Especial,* com grande badalação na imprensa. No livro *Memória da Telenovela Brasileira,* Ismael Fernandes assinala: *Era a retomada do mesmo texto que estivera uma semana no ar, na extinta TV Tupi, com outro título. A emissora pioneira estava em sua derradeira crise, fechando suas portas meses depois, exatamente quando a novela encontrara outra emissora para exibir sua história. Com um processo de criação dos mais impecáveis, só não teve repercussão por ter passado por diversas fases desestimulantes...*

Isabel também foi e sempre deu show. Infelizmente, eu tinha aceitado uma bolsa do governo americano e fui para os EUA visitar estúdios em Nova York, o que, na verdade, mudou minha *vida e o rumo de minha carreira. Quando retornei, a novela tinha fracassado por problemas com a censura. Avancini forçara cenas de nudez às sete da noite, e o público reagiu mal. Resultado: caiu a audiência. Eu já estava fora e a novela foi finalizada por outros. Nunca mais vi Isabel*, conclui Ewald.

A proposta de Manoel Carlos, autor de *Sol de Verão,* era: *Ninguém é o mesmo depois de um longo e intenso verão*. Não deu outra. A novela foi um estouro de audiência, mas acabou tumultuada com a morte do ator Jardel Filho no auge do sucesso de seu personagem, o mecânico Heitor. No elenco também brilharam Irene Ravache, Tony Ramos, Beatriz Segall, Mário Gomes, Miguel Falabella, Tânia Scher, Nélson Xavier, Carla Camurati, Gianfrancesco Guarnieri e Cecil Thiré. Isabel era a ciumenta Flora, escrita especialmente para ela: *Era uma das melhores atrizes brasileiras, extremamente sensível e inteligente. Sabia exatamente como falar o texto, qualidade rara em novela...,* declarou Manoel Carlos ao *Jornal do Brasil,* de 14/2/1990, quando do seu falecimento.

Com José Wilker na direção de teledramaturgia da TV Manchete, Isabel fez sua última novela – *Helena*, de Mário Prata, Dagomir Marquezi e Reinaldo Moraes, inspirada no romance de

Machado de Assis. Com direção de Denise Saraceni e Luiz Fernando Carvalho, as gravações aconteceram em Paraty, Ouro Preto, Valença e Barra do Piraí, e nos estúdios de Água Grande, na Baixada Fluminense. A versão totalmente livre do clássico romance resultou em agradável alquimia com um elenco afiado: Luciana Braga, Thales Pan Chacon, Mayara Magri, Aracy Balabanian, Luiz Maçãs, Sérgio Mamberti, Yara Amaral, Norma Suely, Telma Reston, Lea Garcia, Ivan de Albuquerque, Cláudio Mamberti e Roberto Bonfim. Isabel formou par novamente com Othon Bastos (*São Bernardo*) e interpretou dona Tomásia, mulher do doutor Camargo.

Já bem doente, e com dificuldades para andar, Isabel foi até o final das gravações. Foi o tempo que se reaproximou da amiga Telma Reston: *Fiquei muito ligada de novo a Isabel. Ela me contou toda sua vida... Ela era o maior salário da Manchete na época, o Wilker foi muito legal. Ela merecia, ajudou muito sua mãe e seus filhos. E sempre com a irmã ao seu lado, era seu braço forte*, declara Telma.

O jornalista Artur da Távola, crítico de televisão atuante nas décadas de 1970/80, dedicou vários comentários a Isabel Ribeiro. Em *O Globo*, de 30/3/1990, com o título *Olhai os Olhos na TV*, destacou dez olhares da televisão: Dina Sfat, Beatriz

Como dona Tomásia de Helena (1987), fez sua última novela

Segall, Myrian Pires, Aracy Balabanian, Isabela Garcia, Lucélia Santos, Fernanda Montenegro, Regina Duarte e Tetê Medina. A décima era Isabel Ribeiro: *Olho de iluminada pelo sobrenatural. Olho-lua, contendo a plenitude do princípio feminino. Olho de heroína e companheira. Olho esguio, capaz de dissimulações da timidez. Olho da fé e do martírio. Olho de medos noturnos e contatos com o mistério. Olho de proteções infinitas e necessidades crianças. Olho capaz de ser pequeno e fugidio ou enorme em plenilúnio. Olho de mito e esperança. Olho de limpidez dentro das sombras. Olho de santa e feiticeira. Olho alquímico. Olho capaz de curar, salvar e perdoar. Olho cheio de milagres e milágrimas. Olho do definitivo milagre de existir.*

Em Helena, contracenando com Yara Amaral

Os filhos, José Clóvis, Flávio e Luiz Paulo, 2005

Capitulo X

Uma Estrela Cintila

Isabel Ribeiro queria viver intensamente cada momento com seus meninos. Mesmo doente, e ainda trabalhando, ficava o tempo todo atenta a seus filhos, em dedicação urgente e prioritária.

Flávio, com 19 anos, Luiz Paulo, com 10 e José Clóvis, com 9, sentiram cedo todas as dores do mundo.

A mãe adorada, a irmã parceira e os três rebentos integravam o mundo mais secreto de Isabel, o núcleo familiar que conseguiu formar. Sentia-se forte por esse triunfo. Ainda contava com o amor unânime dos amigos, aqueles que conquistou durante sua caminhada.

Lutou com toda a dignidade pela sua saúde, até que um dia não deu mais.

Mas em seus últimos anos de vida foi plena na doação do amor maternal.

Hoje, os três, homens feitos, mergulham nas lembranças do convívio que tiveram com sua iluminada mãe.

Sorocaba, Agosto de 2005

Luiz Paulo (24 anos) e José Clóvis (23) hoje moram com a tia Maria José, em Sorocaba. São donos de um charmoso bar que se tornou o *point* da cidade: Santa Cerva, em sociedade com a diretora de marketing empresarial Luciana Fraga, namorada de Clóvis.

Flávio (34 anos) reside em Jundiaí com a namorada Luciandréa Amadio, mas trabalha direto em São Paulo. Coordena montagens de eventos e é diretor técnico.

Maria, a mãe de Isabel, partiu há um ano aos 103 anos. Foi ficar com a *Fred*, conforme costumava dizer.

Maria José, viúva, permaneceu ao lado dos três, segundo prometera à irmã.

Nosso encontro aconteceu em Sorocaba.

– Clóvis, qual a lembrança mais forte que ficou em você?
Eu era muito pequeno, tudo é misturado na minha memória, mas acho que a maneira como ela se preocupava em nos passar ensinamentos, coisas básicas de mãe. Quando ia trabalhar, pedíamos presentes, um dia ela me trouxe um carrinho pequeno de plástico. Eu pisei, quebrei o brinquedo

e ela me disse: *A gente não pode ter tudo o que quer, mas gostar do que tem...*

– *E o que te marcou da sua mãe, Luiz Paulo?*
Acho que é isso também. A lembrança mais marcante é a sua personalidade rígida, forte, sempre no sentido da correção. Eu não era fácil, um capeta. Ela, então, focava mais em mim. O não da mamãe tinha sempre explicações, o porquê de cada coisa.
Ela tinha sempre uma maneira de dar o que pedíamos, prossegue Clovis, mesmo que não achasse que ia dar certo. O Flávio era campeão de skate, e nós queríamos ter o nosso também, todo mundo tinha. Lembro-me que passei a noite chorando, e ela dizendo que não. No dia seguinte mandou Flávio comprar nossos skates. Depois foi uma loucura, a gente se machucava todo dia, mamãe ficava louca... brigava e cuidava dos nossos tombos.

– *E você, Flávio?*
Eu tive um convívio bem mais longo do que meus irmãos. O que me marcou muito na infância foi sua ausência constante, e o fato de nunca termos criado raízes nos lugares. Mal fazia ambiente, amigos, escola, e... já tínhamos de partir por causa do seu trabalho. Sofri muito com isso. Quando a gente é criança, coleciona mágoas e carências. Quando

viramos adultos, descobrimos que isso é que te faz um cara independente, com maleabilidade, com facilidade de lidar com todo tipo de pessoa... entender melhor o ser humano.

Para Flávio, o presente lhe deu de presente o que mais procurou por toda a vida: a identidade paterna, com o aparecimento do pai, o toureiro mexicano Afonso Alonso Medina, que nunca o conheceu. Por meio de uma amiga brasileira, a filha caçula de Afonso, Sofia, por um mês, tentou contatá-lo. E justo quando eu entrevistava Joana Fomm para este livro, concretizou-se o *link*. Esse fio conduzido pela velha e querida amiga – graças ao trabalho de resgate da Coleção Aplauso – nos dá a plena certeza de uma revelação mágica, que inspira e atinge essa nossa missão. Flávio entrou em contato com a sua família mexicana. Afonso aposentou-se e reside na Espanha. Atualmente dedica-se à pintura. Seus quatro filhos moram no México: Sofia, Alejandro, André e Alfredo.

– Como está sendo essa revelação para você, Flávio?
Eu não tenho palavras pra dizer... A minha vida toda eu quis conhecer o meu pai. Fui à embaixada mexicana, pesquisei na Internet, tentei tudo. Descobri que ele tinha ido para a Espanha fazer

uma exposição. Contudo, não tinha coragem de procurá-lo. Sempre tive medo de vivenciar essa situação, é complicado. São vidas diferentes em lugares diferentes. Nesses poucos contatos pela Internet, eles disseram a mesma coisa. Meu irmão mais velho, o Alejandro, me escreveu dizendo que ia entender se eu não quisesse chamá-lo de irmão, que seria muito difícil pra mim. Eles tinham o mesmo medo que eu... A gente está combinando um encontro o mais breve possível. Ou eu vou ao México, ou eles vêm ao Brasil. Meu pai está sabendo do meu aparecimento, está supercontente, mas as noticias são poucas ainda. É tudo tão nonsense... vamos dizer, a gente vai se falando aos poucos. O que tenho certeza agora é que nunca mais vamos perder o contato.

Altair Lima, pai de Luiz Paulo e José Clóvis, morreu na véspera do Natal de 2002, aos 66 anos, de um ataque cardíaco fulminante.

Mas depois que a mamãe morreu ele tomou conta da gente, foi um ótimo pai. Teve uma mudança grande com a tia e com a vovó. Apegou-se muito a ambas. Por fim convidou-as para residirem conosco no sítio. Moramos juntos oito anos. Acho que ele via um pouco da mamãe nas duas, relata Luiz Paulo.

Solidariedade

Uma grande corrente solidária cercou Isabel Ribeiro durante sua doença, desde a mastectomia a que se submeteu, em São Paulo, até a metástase em sua coluna cervical, no Rio de Janeiro. A classe artística mobilizou-se e sempre esteve presente por meio de contribuições e contatos pessoais.

Guta Matos, a saudosa diretora de elenco da *TV Globo*, fazia a ponte entre os colegas e a direção da emissora, que deu total apoio nas despesas do tratamento de Isabel.

José Wilker cedeu o apartamento que tinha acabado de comprar no Leblon, para que Isabel pudesse dar continuidade ao tratamento no Rio de Janeiro.

O Grupo Estação Botafogo, ainda sob o comando de Adhemar de Oliveira, exibiu uma retrospectiva de seus filmes, com bilheteria revertida para a atriz. Universitários de Minas Gerais também exibiram o festival.

Telma Reston foi a amiga presente, incansável em sua dedicação a Isabel: *Um dia a Dina (Sfat) me disse: Fala pra Isabel que eu não vou visitá-la porque estou passando também por uma fase* difícil. Um dia a gente vai se encontrar e rir muito disso tudo. Aí ela encontrou a Isabel no médico, na sala de espera... Eu fiquei muito mal, fiquei com uma culpa de não ter morrido também. Perdi grandes amigas, uma atrás da outra. A Yara Amaral, a Dina e a Isabel por último.

No ano do desaparecimento de Yara no acidente de *réveillon* no Bateau Mouche, ela enviou para Isabel uma carta cheia de carinho:

Querida Isabel: Hoje estou mais tranqüila e mais certa sobre sua saúde e sua recuperação. Através de Raul você chegou ao doutor Sérgio Simon, e, agora sim, sabemos que você está tendo a melhor assistência possível. Estamos aqui todos juntos trabalhando com fé, para que você tenha a tranqüilidade e a força para um pronto restabelecimento. Estou à sua espera para uma nova parceria, né, Totô? Estou enviando um recibo de 18 mil dos Advogados Associados sobre um pagamento a SPY (são 10 mil da Cristina Pereira e 8 mil de um restante do espetáculo que a Telma me deu). Outro comprovante de algum tempo atrás de uma remessa que enviei (10 mil, Teatro dos Quatro – Sérgio, Paulo, Mimina), 5 mil meus e 5 mil do Paulo Goulart. A vida é isso aí. Cheia de surpresas. Com afeto e solidariedade a gente chega lá. Beijos e saudades da amiga Yara. Rio, 7/3/1988.

Rio 7, março 1988

Querida Isabel:

Hoje estou mais tranquila e mais certa sobre sua saúde e sua recuperação. Através do Raul você chegou ao Dr. Sérgio Simon, e agora sim, sabemos que você está tendo a melhor assistência possível.

Estamos aqui, todos juntos trabalhando com fé, para que você tenha a tranquilidade e a força para um pronto estabelecimento. Estou à sua espera para uma nova parceria, né Tôtô?

Estou enviando um recibo de CR$ 18.000,00 dos "Advogados Associados" sobre um pagamento a SPY (sendo 10.000,00 da Cristina Pereira e 8.000 de um restante do espetáculo que a Telma me deu). Outro comprovante de algum tempo atrás, de uma remessa que enviei (10.000 — Teatro do Y (Sérgio, Paulo, Hamurai) 5.100 meus e 5.000 Paulo Goulart).

A vida é isso aí. Cheia de surpresas. Com afeto e solidariedade a gente chega lá.

Beijos e saudades
da amiga
Yara

Carta Yara Amaral

O *Jornal do Brasil* (14/2/1990) publicou na capa do *Caderno B* matéria de página inteira sobre o falecimento de Isabel Ribeiro:

São Paulo – A atriz paulistana Isabel Ribeiro morreu ontem às 7 horas, de câncer, em Jundiaí, a 60 quilômetros da capital do Estado. O corpo foi velado no velório municipal da cidade, e o sepultamento será hoje, às oito horas, no Cemitério de Nossa Senhora dos Desterros. A atriz completaria 49 anos em julho próximo. Há dois anos foi internada no Hospital Alberto Einstein, na capital paulista, para remover um tumor no seio. Voltou ao Rio, onde residia, e depois de um ano retornou a São Paulo para novos exames. Na ocasião passou a morar em Jundiaí... .

No enterro, além dos fãs e familiares, seus colegas do teatro, cinema e televisão estiveram representados pelas presenças de Telma Reston e Fauzi Arap.

Saideira no Santa Cerva – 15/agosto/2005

Retornando à Sorocaba, estamos no bar Santa Cerva com Maria José, Luiz Paulo, Clóvis, Flávio e *Luci In The Sky With Diamonds*.

Estamos brindando a este livro e ao momento especial que todos estão vivendo atualmente.

O Santa Cerva acaba de ser eleito pelo jornal *Folha de S. Paulo* o melhor bar da cidade de

Sorocaba, vencendo nos seis requisitos: comida, bebida, atendimento, ambiente, estacionamento e preço. A casa oferece 57 tipos de cervejas do mundo inteiro; por isso, fomos obrigados a provar algumas com a desculpa da confraternização.

Flávio também vive ótimo momento profissional e pessoal, valorizado no trabalho e amado por sua linda Luci. Há 12 anos coordenando a montagem de megaeventos, esteve à frente dos Festivais de Artes Cênicas organizados por Ruth Escobar, festivais de musica eletrônica, o Skol Beats, e agora se prepara para uma série de shows da rede varejista Casas Bahia. No lado pessoal, casamento marcado para o próximo ano e o esperado encontro com o pai e os irmãos mexicanos.

Maria José está feliz porque a vida lhe deu três filhos não tão postiços assim. Vive para eles, vibra junto, e conserva em sua simplicidade a mesma dedicação e doçura de Isabel e Maria.

A mamãe ganhou uma imagem de uma chinesa estilizada, há muito tempo. A vovó considerava a chinesa uma santa. Rezava e deixava uma lamparina acesa diante da imagem. Virou a santa de cabeceira dela, relembra Flávio. *Poucos dias depois do falecimento da vovó, entrei no quarto e a lamparina estava acesa. Perguntei pra tia se ela havia acendido, mas falou que não...,* diz Luiz Paulo.

Nossos olhos brilharam ao mesmo tempo. E o brilho realçou aquela tarde quente de inverno. Tempo.

Peguei a estrada, o céu estava estrelado, iluminado. Uma estrela permanecia impassível, como que me encarando. *Uma estrela cintila.* Era a *Iluminada*, tenho certeza. Ela estava ali, interferindo no eterno presente, no etéreo, conectando do *Tempo da Delicadeza... Gueixa de alma, dos olhinhos que parecem pintadinhos de nanquim. Tu deves ter fugido de uma ventarola, Iluminada.*

Epílogo

No dia seguinte ao seu falecimento, o programa Fantástico da TV Globo apresentou uma matéria extensa sobre Isabel. Oito amigos deram depoimentos emocionados: Edson Celulari, Joana Fomm, Paulo José, Zelito Viana, Armando Bógus, Paulo Autran, Paulo Gracindo e Fernanda Montenegro.

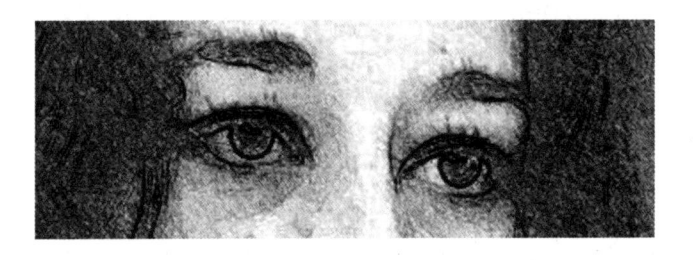

Isabel Ribeiro e Fernanda Montenegro nunca trabalharam juntas, mas existia um elo silencioso de admiração e respeito mútuos. As duas viveram no palco a mesma personagem, Lucília, de A Moratória. Fernanda sob a direção de Gianni Ratto em São Paulo, em 1955, e Isabel dez anos depois, dirigida por Kleber Santos, no Rio de Janeiro. Ambas as atuações foram alvo de elogios e ocorreram no momento em que as duas atrizes davam os primeiros passos na carreira.

Em seu depoimento no Fantástico de 14 de fevereiro de 1990, Fernanda cita a perfeição de seus desempenhos. Transcrevo, na íntegra, copiado da gravação do programa, esse relato:

"O que posso dizer da Isabel é que tudo que Isabel fez foi perfeito. É possível que agora estejam fazendo uma retrospectiva dos trabalhos dela, ou mesmo na televisão uma revisão das novelas nas quais esteve presente, e é fácil constatar que não há um deslize em nenhum trabalho da Isabel. Eu não estou dizendo isso porque ela morreu, acho até que estou dizendo isso porque ela está viva. Não tenho memória de nenhum instante da vida profissional da Isabel que não nos tenha dado assim uma visão de perfeição."

Do Tempo da Delicadeza...

Ao escrever este livro mergulhei no túnel do tempo, e me remeti ao momento que conheci Isabel Ribeiro no esplendor de seus 30 anos, quando atravessava para a tal idade da razão, uma fronteira que ela própria avaliava como o seu divisor de águas. Hoje era dia de rock e ela não fazia por menos: transgredia-se, soltava os bichos. Assumia um carisma atávico. Era irresistível para quem se aproximasse dela, ou para quem a visse no palco do Teatro Ipanema. Desse tempo da delicadeza fica na memória emotiva tatuada a maneira sutil como atravessou a vida em seu flutuar constante, driblando adversidades, dividindo alegrias, sempre amorosa e doce...

O epílogo do epílogo é uma viagem mágica até o final da peça *Hoje é Dia de Rock*, a melhor síntese que encontrei para a caminhada da minha querida Frederica.

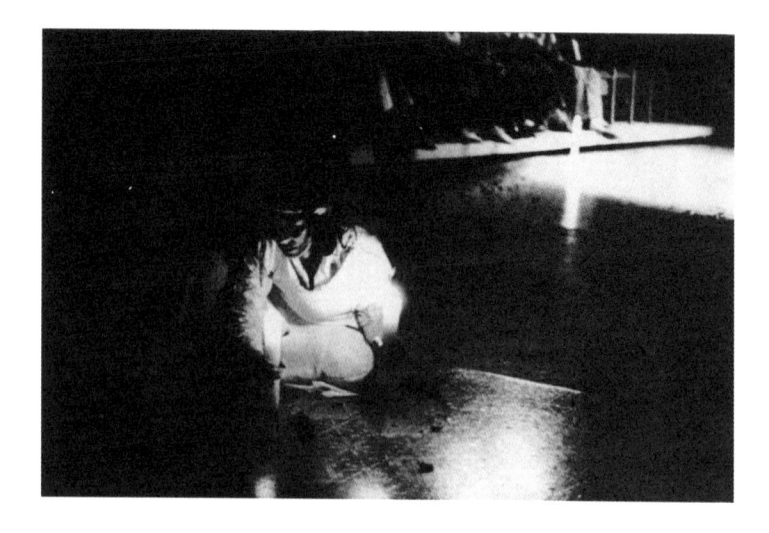

Quando o personagem Pedro Fogueteiro faz a passagem para a eternidade, fechando o poético texto de José Vicente, Rubens Correa, em interpretação entre o possesso e o divino, finalmente encontra a clave musical de cinco notas que passa a peça procurando.

Adélia/Isabel aparecia durante a narrativa de Pedro/Rubens mais iluminada que nunca.

A cada fala do monólogo, movimentava-se, sorria, dançando um balé etéreo e transcendente:

Não tinha morte mais. Nunca mais ia precisar da morte. Era a salvação. Continuava tudo. Não acabava nunca mais. Era a esperança que tinha vindo. Foi no dia que ficamos noivos. Então fomos fazer um piquenique. Atravessamos

*a água de canoa, e aí vieram as cinco gaivotas.
Aí descemos no sertão e aí tinha sol. E o sol era
do calor do ventre materno. Tinha grama, tinha
vento, aí eu olhei pro rosto de Adélia e nos olhos
começava a primeira nota.
Aí ela dançou com uma sombrinha cor-de-rosa.
E eu me lembro que estava encostado numa rocha
em forma de cálice, e a rocha era viva. A rocha
respirava! E eu assistia Adélia dançando entre
flores do campo, então ela veio pra mim, os cabelos
soltos, as mãos abertas, o rosto iluminado, a carne
iluminada, e nela começava a clave que eu estava procurando.*

Uma delicadeza e uma loucura a mais

Depôs

A Isabel Ribeiro é uma atriz oblíqua. Ela nunca trabalhou nas notas brancas dos teclados, sempre nos sustenidos e bemóis. Ela é uma atriz crítica de suas personagens, nunca realistas. Sempre acrescentando uma delicadeza e uma loucura a mais do que estava escrito.

Nunca me esqueço da cena em São Bernardo, quando ela está na janela e Othon Bastos, por trás, lhe pede em casamento. Ela não se move, e apenas uma pálpebra bate trêmula. Uma atriz minimalista, impossível de sobreviver na cultura de massas com atrizes e personagens óbvios e excessivos. Isabel tinha uma fina melancolia que, de alguma forma, prefigurava sua fragilidade e lamentável extinção. Ela deixa uma ausência pálida no teatro e cinema nacionais.

Arnaldo Jabor

Jeito de olhar

Em São Bernardo *tem uns closes da Isabel em que ela muda de expressão e de sentimento que eu só consegui ver semelhante em Greta Garbo, no final* de Rainha Cristina. *É um longo* travelling até o rosto dela. *Aí você vai vendo o tempo passar, a emoção passar, os sentimentos mudarem e entrarem em conflito, só com o rosto, com o jeito de olhar.*

José Wilker

Alguém fora de série...

A televisão é cruel, ela, às vezes, laça alguém fora de série, como a Isabel, bota lá dentro e pronto: agora você está vacinada, agora você é igual a todo mundo aqui; vai fazer aquela ponta, depois uma personagem de quinta categoria. É um perigo muito grande, e acho que aconteceu isso com a Isabel. Vive na miséria do teatro, pega um emprego fixo, ganha um dinheiro, aí se submete, todo mundo precisa desta estabilidade. Aí você não é mais aquele convidado de honra pra fazer uma grande personagem, por tudo que você fez no teatro e no cinema. Você ali é mais um. Normalmente, não são essas pessoas que a televisão deseja.

Stepan Nercessian

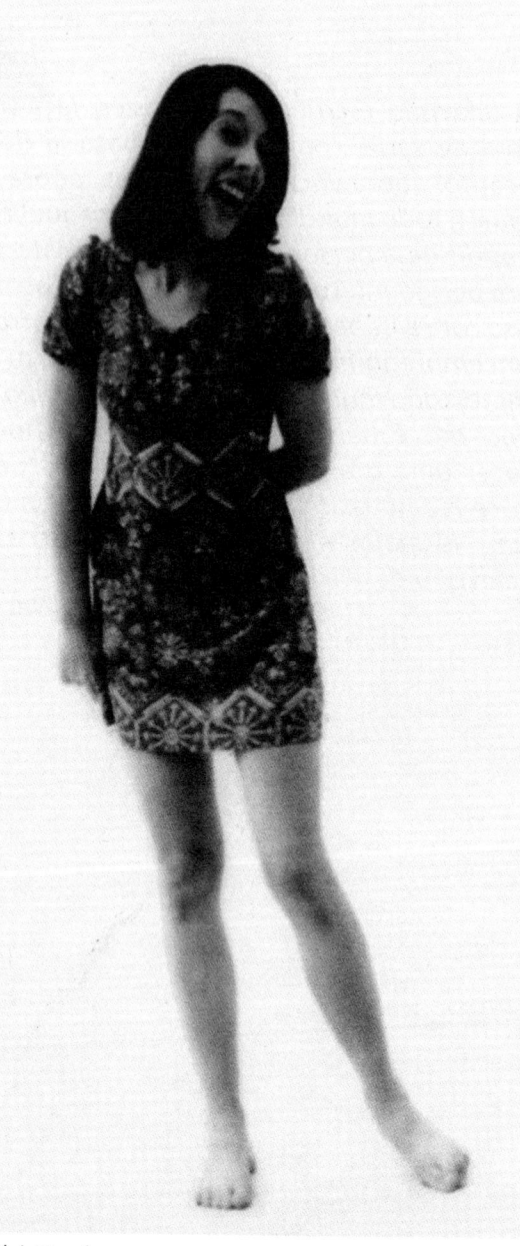

Ai, Isabel é tão doce

Canção de Isabel

Ai, Isabel é tão doce.
Tem asas em vez de braço
E voa suavemente
Por dentro da gente.

Ai, Isabel é tão doce
que não se zanga, se magoa.
Nunca ri, se enternece.

Isabel envelheceu
no dia em que foi parida.
E sua alma cresceu
como uma linda ferida,
que ela usa como broche no vestido.
Ah, que tempo perdido.
Ah, minha doce Isabel,
broche saiu de moda
e alma nunca foi nada.

Joana Fomm

Ah, Zuzu, só você Zuzu...

Era toda fina: os modos, a pele, as mãos, o rosto, a silhueta. Essa finesse se estendia à sensibilidade. Um ligeiro sotaque interiorano paulista, uma timidez que contrastava com seu humor inteligente e irônico. Isabel Ribeiro era tudo isso. Desembarcou no Rio acompanhada de rumores de que era ótima atriz. O que logo se confirmou em suas atuações no teatro. Em 1965, eu estreava aos 15 anos no teatro em excelente companhia: Eva Wilma, Rodolfo Mayer, Grande Otelo, Osvaldo Loureiro, Ítalo Rossi, Rosita Thomas Lopes, Liana Duval, Cléa Simões, Djenane Machado, Marieta Severo e... Isabel! Era a montagem no Teatro Copacabana de As Feiticeiras de Salem, *peça de Arthur Miller, com direção de João Bettencourt, numa produção de Reinaldo Loyo. Um elenco tão grande – acho que chegava a 40 atores – com a intimidade de um* pas de deux. *Eram as reuniões em casa da Vivinha (Eva Wilma), a galinha ao molho pardo que Cléa Simões preparava no próprio quarto de seu cortiço em Botafogo, onde ela recebia, eram os almoços lá em casa. E sempre com Isabel Ribeiro acompanhada da Joana Fomm, sua melhor amiga. Nesta convivência, nos tornamos muito amigas, Joana ensinou-me a maquiar o olho, Isabel estimulava a minha vocação para o desenho, e saiu lá de casa certa vez com um grande desenho meu autografado, para ciúme da minha mãe, que tinha o hábito de guardar toda a nossa produção artística.*

Terminada a peça, a convivência prosseguiu, já que Isabel atuou com a minha tia, Virgínia Valli, em A Moratória, *e também se tornou amiga dela. Quando Domingos de Oliveira filmou* Todas as Mulheres do Mundo, *foi mamãe que vestiu Isabel, de terninho com estampa de dálmata e chapelão. Ela experimentava a roupa e posava diante do espelho rindo: Ah, Zuzu, só você, Zuzu, pra me vestir assim.*

Hildegard Angel

Na Carreira

Teatro

1963
• *A Mandrágora*, de Maquiavel – Direção: Augusto Boal.

• *O Noviço*, de Martins Penna – Direção: Augusto Boal.

• *O Melhor Juiz, O Rei*, de Lope de Vega – Direção: Augusto Boal.

1964
• *O Filho do Cão*, de Gianfrancesco Guarnieri – Direção: Paulo José.

• *A Moratória*, de Jorge Andrade – Direção: Kleber Santos.

1965
• *As Feiticeiras de Salém*, de Arthur Miller – Direção: João Bettencourt.

1966
• *Arena Conta Zumbi*, de Augusto Boal – Direção: Paulo José.

1967

• *Senhor Puntilla e Seu Criado Matti*, de Bertold Brecht – Direção: Flávio Rangel.

• *Rastro Atrás*, de Jorge Andrade – Direção: Gianni Ratto

• *Édipo Rei*, de Sófocles – Direção: Flávio Rangel.

1968

• *O Burguês Fidalgo*, de Molière – Direção: Ademar Guerra.

1970

• *Antígona*, de Sófocles – Direção: João das Neves.

• *Arena Conta Zumbi / Arena Conta Bolívar* – Autoria e Direção: Augusto Boal.

*Excursão América Latina e Estados Unidos.

1971

• *Hoje é Dia de Rock*, de José Vicente – Direção: Rubens Correa.

1972

• *Independência ou Morte* – Autoria e Direção: Hélio Bloch.

• *Avatar* – Autoria e Direção: Luiz Carlos Ripper.

Com Rubens Corrêa em Hoje é Dia de Rock, *1971*

Rock: *divisor de águas na carreira de Isabel*

Isabel como Adélia, a mãe mineira da peça de José Vicente

1974

• *Sermão Para um Machão*, de George Bernard Shaw – Direção: João Bettencourt.

1977

• *O Santo Inquérito*, de Dias Gomes – Direção: Flávio Rangel.

1982

• *Godspel*, de Stephen Schwartz – Direção: Altair Lima.

1983

• *Vargas*, de Dias Gomes – Direção: Flávio Rangel.

1986

• *Aos 50 Anos Ela Descobriu o Mar* – Autoria e Direção: Carlos Mattus.

O Santo Inquérito, *com Carlos Vereza*

O Santo Inquérito, com Carlos Vereza, Cláudio Marzo, Edu Lobo, Ítalo Rossi, Flávio Rangel, elenco e equipe

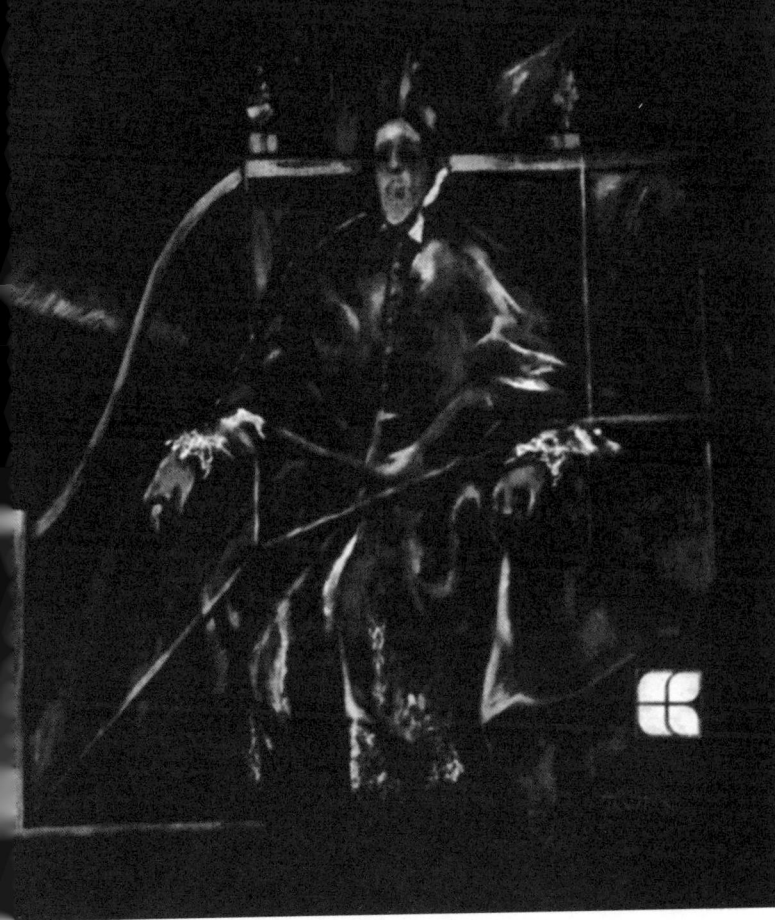

Programa O Santo Inquérito, 1977

ISABEL RIBEIRO — "Branca Dias"

"Diz a lenda que, em noites de plenilúnio, quando o nordeste sopra na copa das árvores, Branca desliza pelas ruas silenciosas da capital paraibana e vai visitar seu noivo prisioneiro e torturado nos subterrâneos do Convento de São Francisco".

produções de arte

Sob o patrocínio do Serviço Nacional de Teatro,
Funarte e Ministério de Educação e Cultura

apresenta

O SANTO INQUÉRITO

de DIAS GOMES

com

IZABEL RIBEIRO	Branca Dias
CARLOS VEREZA	Padre Bernardo
CLÁUDIO MARZO	Augusto Coutinho
JORGE CHAIA	Simão Dias
WALDIR MAIA	Notário
e	
ITALO ROSSI (Prêmio Molière 75)	Visitador do Sto. Ofício

Coro:
ANTONIO DE TASSO — DIRCEU RABELO — DE BONIS — DANTON JARDIM
FERNANDO EIRAS — JOSÉ ADMIR MACIEL — RENATO CASTELO

Músicos:
PAULO ROMÁRIO — INÊS ELEONORA — DAMILTON VIANA — EVERARDO DEMÉTRIO

DIREÇÃO   **FLÁVIO RANGEL**

Produção	GILBERTO VIGNA
Cenografia e Figurinos	TAWFIK
Música	EDU LOBO
Letra	CACASO
Direção Musical	DORI CAYMMI
Assessoria de Produção	RODRIGO FARIAS LIMA
Assistente de Produção	ANTONIO AMEIJEIRAS
Divulgação	NEY MELLO
Programação Visual	TAWFIK
Assistente de Cenografia	ELEONORA DRUMMOND
Fotos	JOÃO BOSCO
Execução dos cenários	JOSÉ REVOLTOS MIR
Execução dos figurinos	HELENA MURTINHO, SÔNIA TELLES e ROCHA
Execução dos vitrais	GUENTHER LEYEN
Camareira	LUZIA TELLES DE FARIA
Contra-regra	SEBASTIÃO ISAIAS
Aderecista	PEDRO LOUSADA ROCHA
Iluminador	NILSON JORGE
Chapéus	D. LUIZA
Jóias	ISIDRO
Maquiagem	HELENA RUBINSTEIN

Os atores Italo Rossi, Isabel Ribeiro e Cláudio Marzo são gentilmente cedidos pela Rede Globo de Televisão
Capa do Programa sob Bacon e El Greco

O Santo Inquérito, *Carlos Vereza*

Cinema

1966
• *ABC do Amor*, co-produção Brasil-Chile-Argentina.
Filme de três episódios: *Noite Terrível* (Argentina). Direção: Rodolfo Kuhn; *Mundo Mágico* (Chile). Direção Hélvio Soto; e *O Pacto* (Brasil). Direção: Eduardo Coutinho.
Fotografia: Dib Luft – Elenco brasileiro: Vera Viana, Reginaldo Faria, Jofre Soares e Cláudio Mac Dowell.
Sinopse: *O Pacto* – Moça suburbana aceita assédio de rapaz com a condição de um pacto de morte.

• *Todas as Mulheres do Mundo*, Brasil.
Fotografia: Mário Carneiro – Roteiro e Direção: Domingos Oliveira – Elenco: Leila Diniz, Paulo José, Flávio Migliaccio, Ivan de Albuquerque, Fauzi Arapi, Joana Fomm, Maria Gladys, Tania Scher, Marieta Severo e Vera Viana.
Sinopse: Comédia romântica sobre a história do mulherengo Paulo, morador de Copacabana. Numa festa de Natal, conhece Maria Alice, fato que mudará sua vida.

1967
• *Garota de Ipanema*, Brasil.
Fotografia: Ricardo Aronovich – Direção: Leon Hirszman – Elenco: Márcia Rodrigues, Arduíno

Colassanti, Irene Estefânia, Adriano Reis, com participações de Arnaldo Jabor, Nara Leão, Fernando Sabino, Chico Buarque de Hollanda, Vinícius de Moraes, Tom Jobim e Luiza Maranhão. Sinopse: O documentário conduz à ficção. Personagens verídicos do bairro misturam-se à história da moça da zona sul em seu cotidiano classe média alta, narrado pela própria personagem central.

1968
• *Como Vai, Vai Bem?*, Brasil
Fotografia: Alberto Salvá e Luiz Paulo Pretti – Direção: Walkiria Salva, Alberto Salvá, Carlos Camuryano, Daniel Chutorianky, Paulo Veríssimo e Carlos Abreu – Elenco: Paulo José, Flávio Migliaccio, Maria Gladys, Irma Alvarez, Hugo Carvana, Creuza Carvalho, Jurema Pena e Walter Soares. Episódio: *O Apartamento,* direção de Alberto Salvá – Sinopse: Uma aventura amorosa frustrada.

• *Os Herdeiros*, Brasil.
Fotografia: Dib Luft – Roteiro e direção: Carlos Diegues – Elenco: Sérgio Cardoso, Mário Lago, Paulo Porto, Jean-Pierre Léaud, Armando Nascimento, Wilza Carla, Carlos Gil, Hugo Carvana, Caetano Veloso e Dalva de Oliveira.
Sinopse: Alegoria política sobre o panorama político brasileiro de 1930 à queda de Getúlio Vargas em 1945.

• *Lance Maior*, Brasil.
Fotografia: Hélio Silva – Roteiro e direção: Sylvio Back – Elenco: Reginaldo Faria, Regina Duarte, Irene Estefânia, Lúcio Weber e Edson D'Avila.
Sinopse: A ação se passa em Curitiba, onde um bancário de classe média mantém suas ambições sociais relacionando-se com uma universitária rica e liberada.

1969
• *Tempo de Violência*, Argentina.
Fotografia: Ricardo Aronovich – Direção: Hugo Kusnet – Elenco: Tônia Carrero, Rubens de Falco, João Bennio, Glauce Rocha e Paulo Padilha.
Sinopse: Um bancário assiste certa noite ao espancamento e ao rapto de um homem na rua. Foge, mas é seguido pelos seqüestradores que passam a persegui-lo e à sua mulher.

• *Azyllo Muito Louco*, Brasil.
Fotografia: Dib Luft – Roteiro e direção: Nélson Pereira dos Santos – Elenco: Nildo Parente, Arduíno Colassanti, Irene Estefânia, José Kleber, Leila Diniz, Nelson Dantas, Manfredo Colassanti e Ana Maria Magalhães.
Sinopse: Adaptação do conto *O Alienista,* de Machado de Assis. Um padre com idéias arejadas do século 19 constrói um asilo para doentes mentais e é contestado pelos poderosos do lugar.

1970

• *Quem é Beta*, França / Brasil.

Fotografia: Dib Luft – Direção: Nélson Pereira dos Santos – Elenco: Regina Rosemburgo, Noelle Adam, Nildo Parente e Arduíno Colassanti.

Sinopse: Uma mulher busca refúgio em local desconhecido. Encontra um homem instalado em abrigo construído por ele mesmo, na esperança de reencontrar o mundo perdido.

1971

• *O Doce Esporte do Sexo*, Brasil.

Fotografia: José Antônio Ventura – Direção: Zelito Viana – Elenco: Chico Anysio, Ana Maria Magalhães, Irene Estefânia, Wilson Grey, Nélson Dantas, Otávio Augusto e Carlos Imperial.

Sinopse: Episódio *A Suspeita*; dona Sinhá, mulher do coronel Manoel Moreira, suspeita que ele tem uma amante, mas a verdade é bem outra: ela o surpreende como travesti nos braços de um homem.

1972

• *Toda Nudez Será Castigada*, Brasil.

Fotografia: Lauro Escorel – Roteiro e direção: Arnaldo Jabor – Elenco: Darlene Glória, Paulo Porto, Paulo Sacks, Elza Gomes, Paulo César Peréio, Henriqueta Brieba, Sérgio Mambert e Hugo Carvana.

Sinopse: Baseado na peça homônima de Nélson Rodrigues. Chefe de família jura à mulher, antes de morrer, não se casar mais. Mas o irmão do patriarca força-o a procurar uma prostituta, com quem passa três dias delirantes.

• *São Bernardo*, Brasil.
Fotografia: Lauro Escorel – Roteiro e direção: Leon Hirszman – Elenco: Othon Bastos, Nildo Parente, Vanda Lacerda, Mário Lago, Josef Guerreiro, Jofre Soares e Rodolfo Arena.
Sinopse: Adaptação do romance de Graciliano Ramos. História de um homem ambicioso que consegue ser grande proprietário de terras, mas roído pelo ciúme leva a mulher ao suicídio.

1974
• *Os Condenados*, Brasil.
Fotografia: Dib Luft – Direção: Zelito Viana – Elenco: Cláudio Marzo, Nildo Parente, Roberto Batalin, Rose Lacreta, Antônio Pedro, Lupe Gigliotti, Helber Rangel e Ênio Santos.
Sinopse: Adaptação do romance de Oswald de Andrade. A angústia de um homem que se envolve com uma prostituta na São Paulo dos anos 1920.

1975
• *Deliciosas Traições do Amor*, Brasil.
Fotografia: Antônio Ventura, Edson Batista, Jorge Monclar e Alberto Salvá – Direção: Domingos Oliveira, Teresa Trautman e Phydias Barbosa – Elenco: Ana Maria Magalhães, Luiz

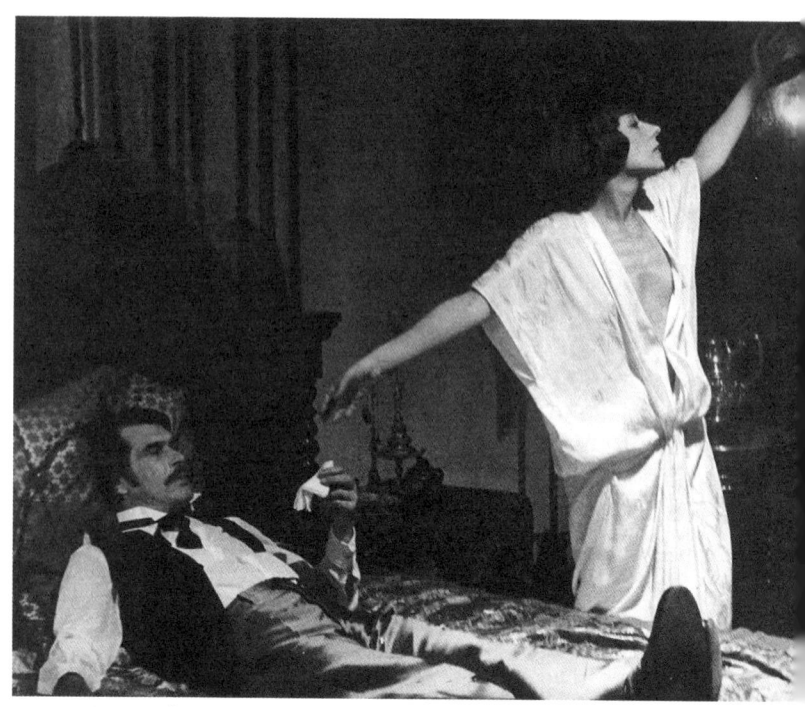

Os Condenados, 1974, com Roberto Bataglin

Delfino, José Wilker, Neila Tavares, Cristina Ache e Stepan Nercessian.
Sinopse: Filme de quatro episódios inspirados no Marquês de Sade. Baronesa conta à amiga marquesa terrível fato acontecido na véspera: pilhada por um chofer vestida de empregada, não teve tempo de explicar que era a patroa.

1977
• *Na Ponta da Faca*, Brasil.
Fotografia: Antônio Penido – Direção: Miguel Faria Jr – Elenco: Stepan Nercessian, Ana Maria

Na Ponta da Faca, *1977*

Deliciosas Traições do Amor, *1975, dirigida por Domingos Oliveira*

Miranda, Sérgio Britto, Gisela Padilha, Sérgio Otero e Álvaro Freire.

Sinopse: Jovem boxeador em ascensão resiste à ordem do empresário para entregar uma luta decisiva.

• *Coronel Delmiro Gouveia*, Brasil.

Fotografia: Lauro Escorel – Direção: Geraldo Sarno – Elenco: Rubens de Falco, Nildo Parente, Jofre Soares, Sura Berdichevski, José Dumont e Magalhães Graça.

Sinopse: Delmiro Gouveia, comerciante e exportador, sofre perseguições políticas. Refugia-se no sertão e no local monta uma fábrica de linhas de costura.

1978
• *A Queda*, Brasil.
Fotografia: Dib Luft – Direção: Ruy Guerra e Nélson Xavier – Elenco: Nélson Xavier, Paulo César Peréio, Lima Duarte, Maria Sílvia, Hugo Carvana e Fernando Peixoto.
Sinopse: O reencontro dos personagens de *Os Fuzis* tempos depois.

1979
• *O Coronel e o Lobisomem*, Brasil.
Fotografia: Antônio Gonçalves – Roteiro e direção: Alcino Diniz – Elenco: Maurício do Valle, Maria Cláudia, Nildo Parente, Louise Cardoso, Fernando Reski, Neila Tavares e Lutero Luiz.
Sinopse: Adaptação do livro de José Cândido de Carvalho. Aventuras quixotescas de um matuto que herda a fazenda de um tio e passa o tempo enfrentando inimigos imaginários.

• *Parceiros da Aventura*, Brasil.
Fotografia e direção: José Medeiros – Elenco: Mílton Gonçalves, Nildo Parente, Marcus Vinícius, Paulo Moura, Haroldo de Oliveira e Wilson Grey.
Sinopse: A ação se passa no Rio de Janeiro focalizando personagens que tentam sobreviver de qualquer maneira, e estão a um passo da marginalidade.

• *O Menino Arco-Íris*, Brasil.
Fotografia: Walter Soares – Roteiro e direção: Ricardo Bandeira – Elenco: Antônio Fagundes, Ary Toledo, Dercy Gonçalves, Lima Duarte, Consuelo Leandro, Paulo Autran, José Vasconcelos e Moacyr Franco.
Sinopse: Drama bíblico. Uma parábola sobre a esperança em um mundo melhor, simbolizada na infância de Jesus Cristo.

1986
• *Besame Mucho*, Brasil.
Fotografia: José Tadeu Ribeiro – Direção: Francisco Ramalho Jr – Elenco: Antônio Fagundes, José Wilker, Cristiane Torloni, Glória Pires, Paulo Betti e Giulia Gam.
Sinopse: Baseado na peça de Mário Prata. Dois casais de amigos revendo seus namoros, casamentos e separações em *flashbacks*.

• *Feliz Ano Velho*, Brasil.
Fotografia: César Charlone – Roteiro e direção: Roberto Gervitz – Elenco: Marcos Breda, Malu Mader, Eva Wilma, Marco Nanini e Carlos Lofer.
Sinopse: Adaptação do livro de Marcelo Rubens Paiva. Rapaz, cujo pai foi seqüestrado e morto pela ditadura, mergulha e fica tetraplégico ao bater com a cabeça no fundo do lago.

Cinema – Curtas-metragens

1972
Missa do Galo, direção: Nélson Pereira dos Santos.

1973
O Sereno Desespero, direção: Luiz Carlos Lacerda.

1981
Mulheres, direção: Ana Maria Magalhães.

1986
Ondas, direção: Ninho Moraes.

1987
A Voz da Felicidade, direção: Nelson Nadotti.

Televisão – Novelas

1970
• *Toninho on The Rocks*, TV Tupi
Autor: Teixeira Filho – Direção: Lima Duarte – Elenco: Antônio Marcos, Débora Duarte, Raul Cortez, Rosana Tapajós, Pedro Paulo Rangel, Marilu Martinelli, Jofre Soares e Eleonor Bruno.
Sinopse: Jovem chega a uma cidade do interior pilotando uma moto à procura do pai.

1971
• *A Selvagem*, TV Tupi.
Autor: Manoel Muñoz Rico, adaptação de Ivani Ribeiro – Direção: Geraldo Vietri – Elenco: Ana Rosa, Henrique Martins, Dirce Migliaccio, Carlos Koppa e Suely Franco.
Sinopse: Irmãs gêmeas de personalidades distintas, uma cigana e a outra freira, despertam o interesse de um capitão que tenta desvendar o mistério da dupla personalidade. *Remake* de *Alma Cigana.*

1972
• *Tempo de Viver*, TV Tupi.
Autor: Péricles Leal – Direção: Marlo Andreucci – Elenco: Adriana Prieto, Reginaldo Faria, Myriam Pérsia, Paulo César Peréio e Neila Tavares.
Sinopse: Ascensorista apaixona-se por moça rica do prédio onde trabalha.

1973

• *O Rebu*, TV Globo.
Autor: Bráulio Pedroso – Direção: Walter Avancini e Roberto Talma – Elenco: Ziembinski, Beth Mendes, Lima Duarte, Buza Ferraz, Teresa Rachel, Mauro Mendonça, Arlete Salles e Rodrigo Santiago.
Sinopse: Uma grande festa é organizada para recepcionar uma princesa italiana, mas a noite termina com um crime passional. A novela inteira tem como cenário a duração da festa.

1975

• *O Noviço*, TV Globo.
Autor: Mário Lago, adaptação de Martins Pena – Direção: Herval Rossano – Elenco: Pedro Paulo Rangel, Maria Cristina Nunes, Jorge Dória, Marilu Bueno, Fábio Massimo, Eliano Medeiros e André Valli.
Sinopse: Homem ambiciona ser o único herdeiro de viúva que pretende desposar. Para isso envia o filho e o sobrinho de criação para o seminário.

1976

• *O Grito*, TV Globo.
Autor: Jorge Andrade – Direção: Walter Avancini – Elenco: Glória Menezes, Walmor Chagas, Yoná Magalhães, Leonardo Villar, Maria Fernanda, Sebastião Vasconcellos e Ney Latorraca.
Sinopse: Edifício é desvalorizado pela construção do Elevado Costa e Silva (*Minhocão*) em

O Noviço, *1975, com Marilu Bueno*

São Paulo. Os personagens são os moradores do prédio, onde os gritos de uma menina aumentam os conflitos.

1977
• *Duas Vidas*, TV Globo.
Autora: Janete Clair – Direção: Daniel Filho – Elenco: Francisco Cuoco, Betty Faria, Mário Gomes, Suzana Vieira, Stepan Necessian, Luiz Gustavo, Cristiane Torloni, Moacyr Deriquém, Heloísa Helena e Alberto Perez.
Sinopse: A desapropriação de uma casa no bairro do Catete, Rio, para a construção do metrô, separa vidas há muitos anos entrelaçadas.

1978
• *Sem Lenço, Sem Documento*, TV Globo.
Autor: Mário Prata – Direção: Régis Cardoso – Elenco: Ney Latorraca, Arlete Salles, Ricardo Blat, Joana Fomm, Ivan Setta, Marilu Bueno, Gracinda Freire e Tony Ferreira.
Sinopse: Moça deixa Olinda e vai para o Rio de Janeiro onde já trabalham suas três irmãs mais velhas.

• *Sinal de Alerta*, TV Globo.
Autor: Dias Gomes – Direção: Walter Avancini – Elenco: Paulo Gracindo, Yoná Magalhães, Jardel Filho, Vera Fischer, Carlos Eduardo Dolabella, Mara Rúbia, Eduardo Conde e Renata Sorrah.

Duas Vidas, *1977*

Duas Vidas, com Stepan Nercessian e Sadi Cabral

Sinopse: Capitão de indústria enriqueceu de maneira brusca e sua ex-mulher, proprietária de jornal, empreende campanha contra suas fabricas. Aborda o tema da poluição dos grandes centros.

1979
• *Gaivotas*, TV Tupi.
Autor: Jorge Andrade – Direção: Antônio Abujamra e Henrique Martins – Elenco: Rubens de Falco, Yoná Magalhães, Altair Lima, Berta Zemel, Cleyde Yáconis, Paulo Goulart, Márcia Real, Edson Celulari e Cristina Mullins.
Sinopse: Trinta anos depois, ex-colegas de colégio reúnem-se para desvendar mistérios que envolveram todos tragicamente na formatura.

1980 / 1981
• *Drácula, Uma História de Amor*, TV Tupi.

• *Um Homem Muito Especial*, TV Bandeirantes. Autor: Rubens Ewald Filho – Direção: Walter Avancini – Elenco: Rubens de Falco, Carlos Alberto Ricelli, Bruna Lombardi, Cleyde Yáconis, Emílio de Biasi, Yara Lins, Paulo Castelli e Ester Góes. Sinopse: O Conde Drácula deixa a Transilvânia e vem ao Brasil à procura do seu filho casado. Encontra-o, mas se apaixona pela esposa do filho. Retomada da novela iniciada na TV Tupi (uma semana no ar) e concluída na TV Bandeirantes.

1981

• *O Amor é Nosso*, TV Globo. Autores: Roberto Freire e Wilson Aguiar Filho – Direção: Carlos Zara e Gonzaga Blota – Elenco: Fábio Jr., Myriam Rios, Stepan Nercessian, Tônia Carreiro, Marlene, Walmor Chagas, Nei Sant'Anna, Pepita Rodrigues e Stênio Garcia. Sinopse: A trama aborda o comportamento e os conflitos dos jovens a partir da história de um músico adolescente e ambicioso.

1982
• *Sol de Verão*, TV Globo. Autor: Manoel Carlos – Direção: Jorge Fernando, Roberto Talma e Guel Arraes – Elenco: Jardel Filho, Irene Ravache, Tony Ramos, Beatriz Segall, Mário Gomes, Carla Camurati, Gianfrancesco Guarnieri, Tânia Scher e Miguel Falabella.

Sinopse: Mulher separa-se em busca de nova vivência e apaixona-se por mecânico. Nas tramas paralelas personagens da classe média entrelaçam seus conflitos, alegrias e tristezas. O ator Jardel Filho morreu durante as gravações.

1983
• *Champagne*, TV Globo
Autor: Cassiano Gabus Mendes – Direção: Wolf Maia e Mário Márcio Bandarra – Elenco: Antônio Fagundes, Irene Ravache, Tony Ramos, Marieta Severo, Carlos Augusto Strazzer, Maria Isabel de Lisandra, Jorge Dória, Louise Cardoso e Cecil Thiré.
Sinopse: Em 1970 um crime acontece durante uma festa. Treze anos após, o principal suspeito solicita a reabertura do processo para tentar provar a sua inocência.

1987
• *Helena*, TV Manchete.
Autor: Mário Prata, Dagomir Marquezi e Reinaldo Moraes – Direção: Denise Saraceni e Luiz Fernando Carvalho – Elenco: Luciana Braga, Thales Pan Chacon, Aracy Balabanian, Othon Bastos, Yara Amaral, Ivan de Albuquerque, Telma Reston, Sérgio Mamberti, Mayara Magri e Luiz Maças.
Sinopse: Figura de prestigio da sociedade de 1859 morre. Seu testamento revela a existência de uma filha até então desconhecida. Inspirada no romance de Machado de Assis.

Minissérie

1983

• *Parabéns Pra Você*, TV Globo.

Autores: Bráulio Pedroso e Geraldo Carneiro – Direção: Dennis Carvalho e Marcos Paulo – Elenco: Daniel Filho, Débora Duarte, Altair Lima, Ângela Vieira, Fernanda Torres, Norma Bengell e Juca de Oliveira.

Sinopse: Jornalista preocupada com o desânimo do marido que acaba de aniversariar, propõe na emissora em que trabalha programa de entrevistas sobre a crise dos 40 anos. Entrevistando personalidades reais, os depoimentos servem de contraponto à história ficcional.

Premiações

1973
- Pelé de Ouro – Festival Brasileiro de Santos

- Molière – Prêmio Air France de Cinema

- Prêmio Governador do Estado (RJ)

- Prêmio APCA – Associação Paulista de Críticos de Arte

1974
- Coruja de Ouro

- Melhor Atriz 1º Festival de Cinema de Belém

1988
- Kikito – Festival de Gramado / Melhor Atriz Curta-Metragem

Premiações Televisão

1977 e 1980
- Velho Capitão – Aérton Perlingeiro / TV Tupi

Agradecimentos

Rose Carvalho, José Antônio Pinheiro, Margaret Lopes, Alda Bagno, Emiliano Queiroz, Jorge Kuraiem (in memoriam), Ruy Maurício Lima e Silva, Brigite Búzios, Zilah Ramos, Scyla Tavela, Sérgio Fonta, Luiz Garcia, Zelito Viana, Vera de Paula, Nildo Parente, Luiz Carlos Lacerda, Zezé Motta, Telma Reston, Joana Fomm, Hildegard Angel, Kleber Santos, José Wilker, Stepan Nercessian, Augusto Boal, Leyla Ribeiro, Arnaldo Jabor, Isolda Cresta, Carlos Diegues, Eduardo Coutinho, Cristina Pereira, Antônio Gilberto, Flávio Ribeiro, Luciandréa Amadio, Luiz Paulo Ribeiro Pinto, José Clóvis Ribeiro Pinto, Maria José Oliveira Leite, Felipe Goulart e Rubens Ewald Filho.

Índice

Crédito das Fotografias

Alair Gomes 157

A. Hamdom 71

Alfredo Sternheim 83, 102, 109, 111

Bloch Editores 71, 73

Câmara Três 194, 196

Fred Confalonieri 119, 120, 121, 122, 123, 158, 160, 162, 164, 166

Luiz Fernando Sampaio 187

Luiz Paulo Ribeiro Pinto 151, 153,154,155

Manchete 49, 82, 84, 85, 86, 88, 106, 180, 197

Mario Paulo 156, 171, 172, 173

Miguel Vázquez 69, 70

Nilton Ricardo 84, 85, 86, 180

TV Globo 88, 194, 196

Demais fotografias pertencem ao acervo da família de Isabel Ribeiro

Coleção Aplauso

O Caso dos Irmãos Naves
Roteiro de Jean-Claude Bernardet e Luis Sérgio Person

O Céu de Suely
Roteiro de Mauricio Zacharias, Karim Aïnouz e Felipe Bragança

Chega de Saudade
Roteiro de Luiz Bolognesi

Cidade dos Homens
Roteiro de Paulo Morelli e Elena Soárez

Como Fazer um Filme de Amor
Roteiro escrito e comentado por Luiz Moura e José Roberto Torero

Críticas de Edmar Pereira – Razão e Sensibilidade
Org. Luiz Carlos Merten

Críticas de Jairo Ferreira – Críticas de Invenção: Os Anos do São Paulo Shimbun
Org. Alessandro Gamo

Críticas de Luiz Geraldo de Miranda Leão – Analisando Cinema: Críticas de LG
Org. Aurora Miranda Leão

Críticas de Rubem Biáfora – A Coragem de Ser
Org. Carlos M. Motta e José Júlio Spiewak

De Passagem
Roteiro de Cláudio Yosida e Direção de Ricardo Elias

Desmundo
Roteiro de Alain Fresnot, Anna Muylaert e Sabina Anzuategui

Djalma Limongi Batista – Livre Pensador
Marcel Nadale

Dogma Feijoada: O Cinema Negro Brasileiro
Jeferson De

Dois Córregos
Roteiro de Carlos Reichenbach

A Dona da História
Roteiro de João Falcão, João Emanuel Carneiro e Daniel Filho

Os 12 Trabalhos
Roteiro de Claudio Yosida e Ricardo Elias

Estômago
Roteiro de Lusa Silvestre, Marcos Jorge e Cláudia da Natividade

Fernando Meirelles – Biografia Prematura
Maria do Rosário Caetano

Fim da Linha
Roteiro de Gustavo Steinberg e Guilherme Werneck; Storyboard de Fabio Moon e Gabriel Bá

Fome de Bola – Cinema e Futebol no Brasil
Luiz Zanin Oricchio

Guilherme de Almeida Prado – Um Cineasta Cinéfilo
Luiz Zanin Oricchio

Helvécio Ratton – O Cinema Além das Montanhas
Pablo Villaça

O Homem que Virou Suco
Roteiro de João Batista de Andrade, organização de Ariane Abdallah e Newton Cannito

João Batista de Andrade – Alguma Solidão e Muitas Histórias
Maria do Rosário Caetano

Jorge Bodanzky – O Homem com a Câmera
Carlos Alberto Mattos

José Carlos Burle – Drama na Chanchada
Máximo Barro

Liberdade de Imprensa – O Cinema de Intervenção
Renata Fortes e João Batista de Andrade

Luiz Carlos Lacerda – Prazer & Cinema
Alfredo Sternheim

Maurice Capovilla – A Imagem Crítica
Carlos Alberto Mattos

Não por Acaso
Roteiro de Philippe Barcinski, Fabiana Werneck Barcinski e
Eugênio Puppo

Narradores de Javé
Roteiro de Eliane Caffé e Luís Alberto de Abreu

Onde Andará Dulce Veiga
Roteiro de Guilherme de Almeida Prado

Pedro Jorge de Castro – O Calor da Tela
Rogério Menezes

Quanto Vale ou É por Quilo
Roteiro de Eduardo Benaim, Newton Cannito e Sergio Bianchi

Ricardo Pinto e Silva – Rir ou Chorar
Rodrigo Capella

Rodolfo Nanni – Um Realizador Persistente
Neusa Barbosa

O Signo da Cidade
Roteiro de Bruna Lombardi

Ugo Giorgetti – O Sonho Intacto
Rosane Pavam

Viva-Voz
Roteiro de Márcio Alemão

Zuzu Angel
Roteiro de Marcos Bernstein e Sergio Rezende

Série Crônicas

Crônicas de Maria Lúcia Dahl – O Quebra-cabeças
Maria Lúcia Dahl

Série Cinema

Bastidores – Um Outro Lado do Cinema
Elaine Guerini

Silvio de Abreu – Um Homem de Sorte
Vilmar Ledesma

Sonia Maria Dorce – A Queridinha do meu Bairro
Sonia Maria Dorce Armonia

Sonia Oiticica – Uma Atriz Rodrigueana?
Maria Thereza Vargas

Suely Franco – A Alegria de Representar
Alfredo Sternheim

Tatiana Belinky – ... E Quem Quiser Que Conte Outra
Sérgio Roveri

Tony Ramos – No Tempo da Delicadeza
Tania Carvalho

Vera Holtz – O Gosto da Vera
Analu Ribeiro

Walderez de Barros – Voz e Silêncios
Rogério Menezes

Zezé Motta – Muito Prazer
Rodrigo Murat

Especial

Agildo Ribeiro – O Capitão do Riso
Wagner de Assis

Beatriz Segall – Além das Aparências
Nilu Lebert

Carlos Zara – Paixão em Quatro Atos
Tania Carvalho

Cinema da Boca – Dicionário de Diretores
Alfredo Sternheim

Dina Sfat – Retratos de uma Guerreira
Antonio Gilberto

Eva Todor – O Teatro de Minha Vida
Maria Angela de Jesus

Eva Wilma – Arte e Vida
Edla van Steen

Gloria in Excelsior – Ascensão, Apogeu e Queda do Maior Sucesso da Televisão Brasileira
Álvaro Moya

Lembranças de Hollywood
Dulce Damasceno de Britto, organizado por Alfredo Sternheim

Maria Della Costa – Seu Teatro, Sua Vida
Warde Marx

Ney Latorraca – Uma Celebração
Tania Carvalho

Raul Cortez – Sem Medo de se Expor
Nydia Licia

Rede Manchete – Aconteceu, Virou História
Elmo Francfort

Sérgio Cardoso – Imagens de Sua Arte
Nydia Licia

TV Tupi – Uma Linda História de Amor
Vida Alves

Victor Berbara – O Homem das Mil Faces
Tania Carvalho

Formato: 12 x 18 cm

Tipologia: Frutiger

Papel miolo: Offset LD 90 g/m²

Papel capa: Triplex 250 g/m²

Número de páginas: 220

Editoração, CTP, impressão e acabamento:
Imprensa Oficial do Estado de São Paulo

Coleção Aplauso Série Perfil

Coordenador Geral	Rubens Ewald Filho
Coordenador Operacional e Pesquisa Iconográfica	Marcelo Pestana
Projeto Gráfico	Carlos Cirne
Editor Assistente	Felipe Goulart
Assistente	Edson Silvério Lemos
Editoração	Selma Brisolla
Tratamento de Imagens	José Carlos da Silva
Revisão	Dante Pascoal Corradini

© **imprensaoficial** 2008

Dados Internacionais de Catalogação na Publicação
Biblioteca da Imprensa Oficial do Estado de São Paulo

Silva, Luis Sergio Lima
    Isabel Ribeiro : iluminada / Luis Sergio Lima e Silva. – São
Paulo : Imprensa Oficial do Estado de São Paulo, 2008.
    220p. : il. – (Coleção aplauso. Série Perfil / Coordenador
geral Rubens Ewald Filho)

    ISBN 978-85-7060-635-8

    1. Atores e atrizes cinematográficos – Brasil – Biografia
2. Atores e atrizes de teatro – Brasil – Biografia 3. Atores
e Atrizes de televisão – Brasil – biografia 4. Ribeiro, Isabel,
1941 – 1990 I. Ewald Filho, Rubens. II. Título. III. Série.

                                                    CDD 791.092

            Índice para catálogo sistemático:
        1. Atores brasileiros : Biografia 791.092

Foi feito o depósito legal na Biblioteca Nacional
(Lei nº 10.994, de 14/12/2004)
Direitos reservados e protegidos pela lei 9610/98

Imprensa Oficial do Estado de São Paulo
Rua da Mooca, 1921   Mooca
03103-902   São Paulo   SP
www.imprensaoficial.com.br/livraria
livros@imprensaoficial.com.br
Grande São Paulo SAC 11 5013 5108 I 5109
Demais localidades 0800 0123 401

editoração, ctp, impressão e acabamento

imprensaoficial

Rua da Mooca, 1921 São Paulo SP
Fones: 2799-9800 - 0800 0123401
www.imprensaoficial.com.br